历代诗人咏黄山

朱丽娟 选编

时代出版传媒股份有限公司
安徽文艺出版社

图书在版编目（CIP）数据

历代诗人咏黄山 / 朱丽娟选编. -- 合肥：安徽文艺出版社，2025.6. -- ISBN 978-7-5396-8125-2

Ⅰ．I22

中国国家版本馆CIP数据核字第20240NW168号

出 版 人：姚　巍
责任编辑：胡　莉　　　　　　装帧设计：熙宇文化

出版发行：安徽文艺出版社　　www.awpub.com
地　　址：合肥市翡翠路1118号　邮政编码：230071
营 销 部：(0551)63533889
印　　制：安徽新华印刷股份有限公司　(0551)65859551

开本：710×1010　1/16　印张：15.25　字数：230千字
版次：2025年6月第1版
印次：2025年6月第1次印刷
定价：68.50元

（如发现印装质量问题，影响阅读，请与出版社联系调换）

版权所有，侵权必究

目　　录

前言／001

唐

歙郡北瞰黄山／003

郡治楼望黄山／003

登楼咏黄山／003

汤泉／004

送温处士归黄山白鹅峰旧居／004

至陵阳山登天柱石酬韩侍御见招隐黄山／004

赠黄山胡公晖求白鹇有序／005

夜泊黄山闻殷十四吴吟／005

题黄山汤院／006

题小华山／007

纪汤泉／007

芙蓉峰／007

黄山／008

咏黄山四首／008

游黄山怀古／009

仙桥／009

仙僧洞 / 009

宋

题黄山二首 / 013

送罗生少陆归黄山 / 013

游黄山留题 / 013

别黄山 / 014

石门峰 / 014

滴水岩 / 014

石床峰 / 014

苍豹 / 015

游黄山 / 015

水帘洞 / 015

游黄山 / 015

桃花洞 / 016

黄山喜晴即事 / 016

游黄山 / 017

游黄山 / 017

天游峰 / 017

至华子岭初见黄山天都峰 / 018

次韵公显宫教初见天都峰 / 018

黄山在歙郡之北雄丽杰出可与嵩少争衡 / 018

黄山作 / 019

因公檄按游黄山 / 019

石门峰 / 019

沁园春·忆黄山 / 020

黄山歌 / 020

沁园春 / 021

黄山遇雨 / 021

游黄山留题 / 022

登上岭游黄山 / 022

温泉 / 022

浮丘亭 / 023

天都峰 / 023

茶岩 / 023

晓看黄山 / 024

次龙吟寺壁闲韵 / 024

游黄山留题 / 024

花山寺看黄山 / 024

汤岭温泉 / 025

祥符寺 / 025

登楼望黄山 / 025

炼丹灶 / 025

黄山汤泉 / 026

汤泉 / 026

同山窗游黄山 / 026

观黄山仙人药臼 / 026

仙棋石 / 027

游黄山次韵 / 027

登黄山 / 027

莲花源 / 027

游黄山 / 028

黄山赋 / 028

石人峰 / 029

叠嶂峰 / 029

题黄山送别图 / 029

游翠微即事 / 030

汤泉 / 030

黄山 / 030

游黄山 / 030

发黄山 / 031

青鸾峰 / 031

翠微峰 / 031

石柱峰 / 031

元

寄黄山性宗上人 / 035

登黄山 / 035

石床峰 / 035

登黄山 / 035

四月九日新霁景气清淑偕宗英公仲自天都峰侧
　游汤泉道中偶成 / 036

黄山雪霁 / 036

游黄山 / 036

丙申冬游黄山 / 037

游黄山 / 037

黟山杂咏 / 037

黄山 / 037

游松谷庵望黄山 / 038

游黄山 / 038

祥符寺有怀师山先生 / 038

祥符寺避暑 / 038

明

送沈君典太史游黄山 / 041

题黄山三十六峰 / 041

送皇甫子循游黄山白岳诸胜地得一律 / 042

赠吴孝父归黄山 / 042

扰龙松歌 / 043

天都社诗 / 043

题黄山 / 044

偕诸友酌朱砂池上 / 044

百丈潭 / 044

宿天都峰下 / 044

黄山玉兰 / 045

天都诗 / 045

马迹石闲步 / 045

赠沈耕岩先生住黄山 / 045

指路峰 / 046

冷风阁 / 046

望云门 / 046

伯传游黄山归述示奇胜赋答 / 046

看山 / 047

游黄山 / 047

初霁登炼丹峰 / 047

黄山杂咏（三首）/ 048

光明顶云海 / 048

黄山松 / 048

月夜黄山对酌 / 049

咏黄山 / 049

同老僧万永寻紫云溪过一线天 / 049

黄山小药庵坐雨 / 050

鸣弦泉 / 050

山中月夜听猿 / 050

宿黄山陈足彝宅 / 051

梦游黄山吟 / 051

谢鲍山人采松花见寄 / 051

史远公以黄山游记见示奉答 / 052

送吴大年还新安觐省期以春晤 / 052

答吴太史天石见讯并订天都之游 / 052

文殊院雨后早眺 / 053

一线天 / 053

咏黄山寄程太守式之 / 053

甘露松 / 054

白猿 / 054

飞来峰 / 054

光明顶日华 / 054

咏黄山 / 055

寄题汪子鼎文治始信峰草堂 / 055

莲花峰 / 055

黄山作 / 056

咏黄山巨鱼 / 056

登始信峰 / 056

上芙蓉岭 / 057

晒药台 / 057

黄山七景 / 057

望天都 / 058

九龙潭 / 058

简冯开之太史雨中游黄山 / 058

天都诗 / 059

和程篁墩先生黄山韵 / 059

游黄山有感 / 059

次程司马襄毅公旧游黄山韵 / 060

登炼丹台 / 060

祥符寺 / 060

黄海寒游／061

登石柱峰／061

游黄山／061

登翠微／062

布水峰／062

送友游黄山／062

送扈芷游黄山／062

赋得天都峰赠高徽州／063

天都卧石上云阴／063

游天都／064

游黄山题汤院壁／064

同鲍元则佘抡仲无隐登黄山／064

陪罗郡侯游黄山／065

芙蓉峰／065

同崔侍御游重兴寺／065

梦黄山梅花／066

莲花峰赠闵宾连／066

送汪扶晨奉吴山大师灵龛返葬黄山／066

望天都峰／067

题铁桥翁黄山画册／067

题吴季六所画黄山松／068

石公种松歌／069

画松／069

奉和黄山汤池留题遥寄之作／070

黄瓜岭／070

由白龙潭上慈光寺／070

百步云梯／071

卧龙松／071

过三折岭大觉寺／071

陪罗郡侯游天都 / 072

雪中同诣李柱峰宅独上醉翁峰饮 / 072

九日登文笔峰同周给谏 / 072

冬日集松谷庵 / 072

黄山杂咏（选四）/ 073

文殊院 / 074

慈光寺梅花咏怀兼忆家叔龙翰 / 074

辞黄山 / 075

松谷看泉 / 075

游黄山 / 075

文殊院 / 076

穀村有述 / 076

登石笋矼 / 076

登莲花峰 / 076

三府会馆次王抚军韵 / 077

题画雪景送照师归黄山喝石居 / 077

祥符寺雪后望山 / 078

登黄山 / 078

仙都峰 / 079

游黄山 / 079

观汤泉白龙池小憩祥符寺（四首）/ 079

云门峰 / 080

醉石 / 080

白龙潭 / 081

游青萝岩简同行汪陈二知己 / 081

浮溪道中 / 081

书师山先生所题黄山崖石后 / 081

香炉峰雨望 / 082

宿丞相源旧馆 / 082

黄山遇雪／082

青鸾峰／082

天都峰／083

容成／083

炼丹峰／083

望仙峰／083

仙人峰／083

松林峰／084

芙蓉峰／084

云际峰／084

清

龙门顶／087

蒲团松／087

黄华岭道上／087

过沈苕源春晖堂咏盆中黄山松／087

哭松歌／088

光明顶／089

喜雪庄大师自采石巢来游黄山／089

飞来石／089

寄怀黄山汪子栗亭／089

黄山对雪／090

仙源道上望黄山／090

坐酌始信峰口占／090

碧山远眺／090

鳌鱼洞／091

香雪海歌／091

汤泉／091

前海观莲花峰／092

翠微寺（二首）／ 092

黄山吟送孙无言归山 ／ 092

阻雨宿狮子林 ／ 093

黄山行 ／ 094

白龙潭 ／ 094

宿掷钵禅院 ／ 094

山口茶庵次韵江 ／ 094

莲花庵 ／ 094

始信峰 ／ 095

山中看海棠花歌 ／ 095

登天都峰歌题黄开运画像 ／ 095

望医间山用黄仲则天都峰韵 ／ 096

望翠微峰 ／ 097

黄山歌 ／ 097

题罗山人聘为予写昔梦图十帧 ／ 097

黄山杂诗 ／ 098

游板石潭 ／ 098

文殊院 ／ 099

由桃花潭到祥符寺 ／ 099

文殊台玩月 ／ 099

鲫鱼背 ／ 099

雨后黄山 ／ 100

后海 ／ 100

担灯行 ／ 100

莲花峰 ／ 101

游仙灯洞 ／ 101

黄山云海歌 ／ 102

徽城竹枝词（选二）／ 102

踏雪游山歌倒次阮亭老人銮江大雪歌韵 ／ 103

西海门对落日还宿狮子峰庵 / 103

石鼓峰瞰赤线潭 / 104

望后海 / 104

游石门 / 105

送洪去芜入黄山度岁 / 105

初入黄山 / 105

白龙潭 / 106

宿松谷庵听瀑 / 106

自题莲花峰顶试泉图 / 106

登轩辕峰绝顶 / 106

汤泉 / 107

晚入药谷 / 107

宿文殊院 / 107

黄山云海歌 / 108

天都峰 / 108

题比部伯千波黄山采药图 / 108

黄山径 / 109

始信峰 / 109

冬夜宿五明寺读普门大师行迹感述 / 110

天都峰 / 110

题王存素画黄山云海障子 / 110

黄海 / 111

何山得比黄山好 / 111

与弟归始信峰草堂作（八首选三） / 112

由云谷上白砂矼遂登云舫 / 113

西海门 / 113

耕云峰 / 114

天海遇雨过石鼓庵 / 114

晚过云谷 / 114

玉屏峰 / 114

黄山竹枝词 / 115

香炉峰 / 115

登莲花峰 / 115

秋日玉依禹裁叔季有黄山之游口占小诗以壮之 / 116

天平矼入师子林 / 116

上莲花庵 / 116

登莲花峰 / 116

鳌鱼峰 / 117

宿茅篷 / 117

登狮子峰望石笋矼 / 117

述兴 / 118

发慈光一路经老人峰缘天都峰趾过断凡
　桥上木梯至文殊院宿 / 118

天都峰 / 118

四面松为王生冈龄赋 / 119

黄山松歌 / 119

寄韩其武 / 120

登莲华峰 / 120

题翁朗夫三十三山草堂图 / 121

登光明顶放歌 / 121

莲花洞 / 122

黄山松石歌寄金仁叔将军兼索子湘和 / 122

秋日示介维 / 123

棋石峰 / 123

对仙乐峰月下清歌 / 123

题韩芸舫中丞龙湫宴坐图 / 124

黄海杂兴 / 125

僧鞋菊 / 125

鹅群花 / 125

如意花 / 125

紫霞杯 / 125

上升峰 / 126

丞相观棋 / 126

海门观日 / 126

紫云峰 / 126

小心坡 / 127

仙掌峰 / 127

炼丹峰 / 127

蟠龙丈人歌和云汀制府 / 127

题梅渊公画册三首 / 129

题王石谷画黄砚芝黄山采芝图 / 129

黄山松歌 / 129

赠介石大师 / 130

钵盂峰 / 130

游青牛溪 / 130

朱砂庵 / 131

游文殊院历天都峰逢采药者 / 131

黄山闲眺 / 131

过龙门岭 / 131

黄山 / 132

苁境口占 / 132

雨霁经黄华岭 / 132

弦歌乡题田家 / 132

慈光寺看云 / 133

汤岭见崩石 / 133

登中立阁看菜花 / 134

送王子怀省亲还歙 / 134

奉和宋牧仲黄山松石歌寄金仁叔将军 / 135

肖黄山 / 136

发朱砂庵径观音岩登石人峰 / 136

缘天都峰趾度云巢洞上升仙梯遂憩文殊院 / 137

登黄山 / 137

天台山万年藤杖歌为宗伯沈归愚师作 / 137

仙源道中始见黄山 / 138

扰龙松歌 / 138

望天都 / 139

题程羽宸黄山诗卷 / 139

文殊院阻雨怀孝廉崔友尚 / 140

桃花峰 / 140

登光明顶 / 140

霞海 / 141

饮松岩居 / 142

留普光庵 / 142

过龙门岭道中作 / 142

题黄山云海图 / 143

为友人题渐公画白龙潭图 / 143

黄山春霁 / 143

梦笔生花 / 144

半段碑 / 144

游肖黄山 / 144

题黄山云海图 / 144

丰溪道中望天都峰作 / 145

出郭望天都峰 / 145

夜起望天都峰 / 145

文殊台望天都峰 / 146

黄山松歌和黄二韵 / 146

云海谣赠郑生德徽 / 147

异光行 / 148

棋枰松 / 149

登莲花峰顶 / 149

鸣弦泉 / 149

暮登文殊院 / 150

书炼丹台侧指月庵 / 150

黄山吟赠曹宾友 / 150

送孙无言归黄山 / 151

望天都峰不果上 / 151

宿黄山狮子林晨起登清凉台看云铺海 / 151

题慎郡王黄山三十六峰图 / 152

咏黄山松树子 / 155

养心殿晚霁对景成咏 / 155

咏盆卉二种 / 155

黄山松树子歌 / 155

唐花谣 / 156

咏黄山松 / 156

天都瀑布歌 / 157

雨不止题壁 / 158

赠潞安孙道人诗 / 158

桃源庵小楼坐雨看天都峰瀑布作 / 159

缘天都峰趾度断凡桥下木梯憩文殊庵 / 159

十一日繇天都峰趾径莲华峰而下饭慈光寺抵汤口 / 160

天都峰 / 161

炼丹台 / 161

拱日峰 / 162

月中看海歌 / 162

莲花峰 / 163

石公从黄山来宛见贻佳画答以长歌 / 163

文殊台看铺海 / 164

文殊院 / 164

黄山松歌 / 164

天都峰 / 165

浴汤泉 / 165

醉歌寄洪华峰 / 166

丹霞峰 / 166

灯笼树 / 166

茅篷坐雨 / 167

阎王壁 / 167

清潭峰 / 167

上芙蓉岭 / 168

游黄山宿狮子林 / 168

同诸友晨上莲花峰 / 168

半截碑 / 169

黄山铭 / 169

过小心坡 / 169

再游黄山 / 170

三十六峰歌 / 170

虞美人·山洽岭初见云门峰 / 171

佛掌岩 / 171

仙人榜 / 171

仙人指路峰 / 172

汤口主程山人家 / 172

烛峰 / 172

散花坞 / 172

桃花涧 / 173

明江德甫九峰三泖读书图是沈士充笔为施耦堂题 / 173

汤口不寐 / 174

从小心坡登文殊院 / 174

黄山 / 174

云外峰 / 175

迎送松 / 175

散花坞 / 175

仙人峰 / 175

叠嶂峰 / 175

采石峰 / 176

松林峰 / 176

登莲花峰 / 176

一线天 / 176

春晓上碧云寺 / 177

肖黄山 / 177

黄山 / 177

十九日晓望八仙过海 / 177

木莲花 / 178

引针庵 / 178

鸣弦泉 / 178

圣泉峰 / 179

芙蓉峰 / 179

剪刀峰 / 179

宿文殊院观海和孙鲁山韵 / 179

赠言 / 180

扫花游·曹贞吉黄山纪游诗题辞 / 180

石床 / 181

木莲花 / 181

三折岭望黄山 / 181

答人问黄山 / 182

老松 / 182

始登黄山 / 182

登始信峰是江丽田弹琴处 / 182

自阮溪入汤口 / 183

黄山松石歌 / 183

山行放歌 / 183

白衣庵 / 184

皮蓬访雪庄禅师 / 184

天都峰 / 185

玉屏楼闲眺 / 185

黄山绝顶题文殊院 / 185

松谷五龙潭 / 186

云谷九龙潭 / 186

黄山云海诗 / 187

黄山诗六首 / 187

咏黄山 / 188

云谷雪松 / 188

现当代

庆春泽慢·黄山道中 / 191

立马桥赏红叶 / 191

初见 / 191

登观瀑楼 / 191

临江仙·小窗默坐戏涂天都峰小幅寄胡伯翔老画师 / 192

雾里美人云里山 / 192

百丈泉 / 192

桃花溪 / 192

黄山小诗 / 193

忆江南·黄山好 / 193

游芙蓉洞翡翠池夜宿松谷庵 / 193

登黄山偶感 / 194

后海纪游 / 194

与皖南抗日诸老同志游黄山 / 194

纵迹黄山上 / 195

满庭芳·七上黄山 / 195

画天都峰自题 / 195

云谷寺写生画题 / 196

题莲花峰特写 / 196

作云谷晴翠归途口占 / 196

游黄山发容溪 / 196

慈光寺 / 197

登云谷江丽田琴台 / 197

黄山雨中三日游诗 / 197

忆黄山松 / 198

莲花峰 / 198

日出 / 198

山居 / 198

菩萨蛮·观日出云海 / 200

为黄山松石图题 / 200

杭徽道中 / 201

登天都 / 201

水调歌头·再登黄山 / 201

念奴娇·天都峰观云（七月十六日） / 202

望江南·莲花峰观云海 / 202

题叶则柔黄山云海图 / 202

浣溪沙·彤甫作黄山云海图 / 202

张善子许画双骏未到复乞作黄山图 / 203

松谷寺 / 203

坐莲花峰顶 / 203

黄山 / 204

画松歌为余节高题扇 / 204

咏黄山 / 205

天都峰 / 205

重游慈光阁 / 206

半山寺晨起远眺 / 206

汤岭关行 / 206

白鹅岭旁道中口占 / 207

黄山杂咏 / 207

奇绝人间石与松 / 207

题赠黄山画店 / 208

清凉台 / 208

齐天乐 / 208

游黄山 / 209

登始信峰 / 209

吟崖壁奇松 / 209

游光明顶 / 210

过薄刀峰登飞来石 / 210

黄山观日出 / 210

满庭芳 / 211

黄山之歌 / 211

题黄山风景摄影展览 / 212

森罗万象 / 212

观人字瀑 / 213

黄山道中 / 213

回龙桥 / 213

题黄山游记 / 213

仙人榜 / 214

题黄山追忆图 / 214

题松谷五龙潭画 / 214

莲花峰绝顶 / 215

玉屏楼观云海 / 215

始信峰 / 215

坐观瀑楼中对雨 / 216

由汤池赴慈光寺途中望天都峰有感 / 216

始信峰 / 216

江丽田琴台 / 216

松谷道中 / 217

苦竹溪 / 217

黄山奇看古仙都 / 217

天都峰赋 / 217

一九六三年陪陈毅副总理和各国使团游黄山 / 218

听涛居 / 218

醉石 / 218

前　言

　　黄山，自古以来便是文人墨客竞相吟咏的胜地，其奇松怪石、云海温泉、冬雪夏雨，无不令人心驰神往，流连忘返。历经四载寒暑，我们精心整理了这部《历代诗人咏黄山》，终于将从唐代至20世纪70年代间，那些脍炙人口的咏黄山诗篇汇集成册，呈献给广大读者。

　　黄山之美，美在其景，更美在其情。诗人们以笔为舟，以情为帆，穿越千年的时光隧道，将他们对黄山的热爱与敬仰，化作一首首动人的诗篇。从唐代于德晦的"黟峰翠色自天流"，到宋代王安石的"三十六峰削寒玉"，再到清代施闰章的"绝顶看谁到？凭陵一老夫"，直至现当代郭沫若的"我今五月来黄山，深信黄山天下奇"，这些诗篇不仅记录了黄山自然景观的变迁，更反映了不同历史时期人们的精神面貌和情感世界。

　　在整理过程中，我们力求保持诗作的原貌，对于个别存在争议或缺失之处，我们依据现有资料进行了谨慎的考证与校订。然而，由于历史久远，部分诗作的作者、创作背景及具体年代已难以考证，这不得不说是一种遗憾。但正是这种未尽之处，为后来者留下了更多的探索空间和研究课题。我们期待有志之士能够继续深入研究，不断完善这部诗集，使其更加全面、准确地反映历代诗人对黄山的热爱与赞美之情。

　　本书的编纂，不仅是对黄山美景的颂扬，更是对中华优秀传统文化的传承与发扬。我们希望通过这部诗集，能够让更多人了解黄山、热爱黄山，进而激发人们对自然美景的保护意识。同时，我们也希望这部诗集能够成为连接古今文化的桥梁，让人们在欣赏美景的同时，感受到中华文化的博大精深。

　　由于篇幅所限，本诗集难免有所遗漏与不足，敬请读者批评指正。我们期待在未来的日子里，能够继续收集与整理更多关于黄山的诗篇，为这部诗集增添新的光彩。同时，我们也期待广大读者能够喜欢这部诗集，并从中获得美的享受与文化的滋养。愿黄山之美永驻人间，中华文化源远流长！

  本书为安徽省教育厅人文社科重点研究基地及分中心项目"新安大好山水——徽州山水诗大系"（GXXT-2020-046）、中国诗学研究中心黄山学院分中心重点项目"黄山诗歌整理与研究"（sxkfkt2303）、黄山学院人文社科重点科研项目"黄山山水诗研究"（2021xhwh008）、黄山学院人才启动项目"将黄山诗歌融入国际中文教育教学的研究"（2024xskq007）等的部分研究成果。

朱丽娟

2024 年 11 月 30 日

唐

歙郡北瞰黄山[①]

唐·于德晦[②]

歙郡有黄山楼，北瞰黄山，山势中坼，若巨门状，因题一绝。

黟峰翠色自天流，直下青冥豁素秋。
闲倚朱栏频北望，只宜名作巨门楼。

郡治楼望黄山

唐·韦绶[③]

郡斋北望春光好，平楚无云秋望宽。
清气爽时尘外见，碧烟飞处静中看。
争高千仞山皆让，并秀三峰色也寒。
莫怪寓名同岳号，暂图瞻眺近长安。

登楼咏黄山[④]

唐·任宇

新安郡北百余里即黄山，西北有峰高出，颇类大华，因目为小华山。前郡守、才客题咏至多，偶登斯楼，因成一绝。

雪晴雨霁潼关道，仙掌分明几度逢。
可料新安郡楼上，黄山深处见三峰。

---

① 题目为编者所加。
② 于德晦，唐京兆万年人。宣宗大中六年（852）任监察御史，累历金部、户部、吏部员外郎。十一年，出为歙州刺史。历杭、同二州刺史。官至左散骑常侍。能诗。
③ 韦绶，唐京兆人。韦肇子。擢明经第。德宗时，历迁左补阙、翰林学士，密政多所参逮。晚感心疾，罢还第。官终左散骑常侍。
④ 题目为编者所加。

汤泉

唐·杜荀鹤①

闻有灵汤独去寻，一瓶一钵一兼金。
不愁乱世兵相害，却喜寒山路入深。
野老祷神鸦噪庙，猎人冲雪鹿惊林。
幻身若是逢僧者，水洗皮肤语洗心。

送温处士归黄山白鹅峰旧居

唐·李 白②

黄山四千仞，三十二莲峰。丹崖夹石柱，菡萏金芙蓉。
伊昔升绝顶，下窥天目松。仙人炼玉处，羽化留余踪。
亦闻温伯雪，独往今相逢。采秀辞五岳，攀岩历万重。
归休白鹅岭，渴饮丹砂井。凤吹我时来，云车尔当整。
去去陵阳东，行行芳桂丛。回溪十六度，碧嶂尽晴空。
他日还相访，乘桥蹑彩虹。

至陵阳山登天柱石酬韩侍御见招隐黄山

唐·李 白

韩众骑白鹿，西往华山中。玉女千余人，相随在云空。
见我传秘诀，精诚与天通。何意到陵阳，游目送飞鸿。
天子昔避狄，与君亦乘骢。拥兵五陵下，长策遏胡戎。
时泰解绣衣，脱身若飞蓬。鸾凤翻羽翼，啄粟坐樊笼。
海鹤一笑之，思归向辽东。黄山过石柱，蠟嶨上攒丛。

---

① 杜荀鹤（约846~约904），字彦之，自号九华山人。汉族，池州石埭（今安徽省石台县）人，唐末杰出的现实主义诗人。

② 李白（701~762），字太白，号青莲居士，唐朝浪漫主义诗人，被后人誉为"诗仙"。有《李太白集》传世。

因巢翠玉树，忽见浮丘公。又引王子乔，吹笙舞松风。
朗咏紫霞篇，请开蕊珠宫。步纲绕碧落，倚树招青童。
何日可携手，遗形入无穷。

赠黄山胡公晖求白鹇有序

唐·李　白

　　闻黄山胡公有双白鹇，盖是家鸡所伏，自小驯狎，了无惊猜，以其名呼之，皆就掌取食。然此鸟耿介，尤难畜之，余生平酷好，竟莫能致。而胡公辍赠于我，唯求一诗。闻之欣然，适会宿意，因援笔三叫，文不加点以赠之。

　　请以双白璧，买君双白鹇。白鹇白如锦，白雪耻容颜。
　　照影玉潭里，刷毛琪树间。夜栖寒月静，朝步落花闲。
　　我愿得此鸟，玩之坐碧山。胡公能辍赠，笼寄野人还。

夜泊黄山闻殷十四吴吟

唐·李　白

　　昨夜谁为吴会吟，风生万壑振空林。
　　龙惊不敢水中卧，猿啸时闻岩下音。
　　我宿黄山碧溪月，听之却罢松间琴。
　　朝来果是沧州逸，酤酒醍盘饭霜栗。
　　半酣更发江海声，客愁顿向杯中失。

题黄山汤院

唐·李敬方[①]

楚镇惟黄岫，灵泉浴圣源。煎熬何处所，炉炭孰司存。
沙暖泉长拂，霜笼水更温。不疏还自决，虽挠未尝浑。
地启岩为洞，天开石作盆。常留今日色，不减故年痕。
阴焰潜生海，阳光暗烛坤。定应邻火宅，非独过焦原。
龙讶经冬润，莺疑满谷暄。善烹寒食茗，能变早春园。
及物功何大，随流道益尊。洁斋齐物主，疗病夺医门。
外秘千峰秀，旁通百潦奔。禅家休问疾，骚客罢招魂。
卧理黔川守，分忧汉主恩。惨伤因有暇，徒御诫无喧。
痒闷头风切，爬搔臂力烦。披榛通白道，束马置朱幡。
谢屐缘危磴，戎装逗远村。慢游登竹径，高步入山根。
崖巇差行灶，蓬茅过小轩。御寒增帐幕，凳影尽玙璠。
不与华池语，宁将浴室论。洗心过顷刻，浸发迨朝暾。
汗洽聊箕踞，支羸暂虎蹲。濯缨闲更入，漱齿渴仍吞。
气爇胜重茧，风和敌一尊。适来还蹭蹬，复出又攀援。
形秽忻除垢，神器喜破昏。明夷征立象，既济感文言。
已阁眠沙麂，仍妨卧石猿。香驱蒸雾起，烟雾湿云屯。
破险更祠宇，凭高易庙垣。旧基绝仄足，新构忽行鹓。
胜地非无栋，征途遽改辕。贪程归路远，折政讼庭繁。
兴往留年月，诗成遗子孙。已镌东壁石，名姓寄无垠。

[①] 李敬方，字中虔，唐太原文水（今属山西）人。著有《李敬方诗》一卷。

题小华山（目黄山为小华山）

唐·李敬方

峰簇莲花小，分明似华山。

鱼符何日罢？深处掩松关。

纪汤泉

唐·贾 岛[①]

维泉肇何代？开凿同二仪。五行分水火，厥用谁一之？

在卦得既济，备象坎与离。下有风轮扇，上有雷车驰。

霞掀祝融井，日烂扶桑池。气殊礜石厉，脉有灵砂滋。

骊山岂不好？玉环污流脂！至今华清树，空遗后人悲。

遐哉哲人逝，此水真吾师。一濯三沐发，六凿还希夷。

伐毛返骨髓，发白令人黟。十年走尘土，负我汗漫期。

再来池上游，触热三伏时。古寺僧寂寞，但余壁上诗。

不见题诗人，令我长叹咨！

芙蓉峰

唐·程 杰[②]

谁把芙蓉云外栽，亭亭秀丽四时开。

清宵皓月峰头挂，宛似佳人对镜台。

[①] 贾岛（779~843），字浪（阆）仙，唐朝河北道幽州范阳县（今属河北）人。早年出家为僧，号无本，自号"碣石山人"。唐文宗的时候被排挤，贬做长江主簿。唐武宗会昌年初由普州司仓参军改任司户，未任病逝。

[②] 程杰，唐代诗人，无考。

黄 山

唐·程显爵①

窈窕春山路不迷，桃花处处锦浮溪。

行来半日无人迹，惟有深林一鸟啼。

咏黄山四首

唐·释岛云②

望黄山诸峰

峰峰寒列簇芙蕖，静想嵩阳秀不如。

峭拔虽传三十六，参差何啻一千余。

浮丘处处留丹灶，黄帝层层隐玉书。

终待登临最高顶，便随鸾鹤五云车。

登天都峰

盘空千万仞，险若上丹梯。迥入天都里，回看鸟道低。

他山青点点，远水白凄凄。欲下前峰暝，岩间宿锦鸡。

石人峰

双峰何代列巍巍，忽化仙人世所稀。

绝顶长年相对坐，九天何日却同归。

风生松柏喧天乐，山隐云霞挂道衣。

终愿扪萝一相访，共君齐跨凤鸾飞。

---

① 程显爵，唐代诗人。

② 释岛云，生卒年月不详，唐代僧人，俗名缪岛云，少为僧，唐会昌年间（841~846）敕准还俗。他慕东国僧掷钵神异事迹来黄山探访，遍游全山，成为有记载以来最早登上天都峰的人，也是唐代诗人中歌咏黄山最多的人。他的诗多刻在黄山绝壁之上。至清代，人们还能从石壁上读到他的《黄山怀古》《仙僧洞》《汤泉》《仙石桥》等诗。

白龙潭

中有白龙盘,偷湫见说难。风云随步起,雨雹出山寒。
鸟道悬青壁,天河泻碧湍。轩皇曾向此,金鼎炼还丹。

游黄山怀古
唐·释岛云

浮丘与轩后,鹤驭杳难思。三十六峰顶,不知何处奇。
枯杉龙脑溢,阴洞石膏垂。莫问当时事,苍苔锁断碑。

仙桥
唐·释岛云

千丈侧悬飞鸟外,双峰横架碧天心。
月中才有仙人过,山下应闻笙磬音。
丹灶路穿瑶草湿,朱砂泉迸锦霞深。
轩辕去后虽然在,争奈凡流无处寻。

仙僧洞
唐·释岛云

先朝曾有日东僧,向此乘龙忽上升。
石径已迷红树密,萝龛犹在紫云凝。
钵盂峰下留丹灶,锡杖泉边隐圣灯。
从此旧庵遗迹畔,月楼霜殿一层层。

宋

题黄山二首

宋·王挺之①

其一

叠巘障南国,攒峰顶半空。朝昏长见日,晴晦预知风。
树蘖千年在,岚光四面通。名山今日睹,奇秀两无穷。

其二

地灵通十洞,山邃宅诸仙。怪似龙逢霹,高疑剑倚天。
岩端锁丹灶,石罅逗温泉。却忆登楼堞,徒能见巨然。

送罗生少陆归黄山

宋·王十朋②

罗生黄山来,从我梅溪游。齿发最年少,学问能自修。
短檠照深夜,细字书蝇头。大业心欲潜,遗编力旁搜。
新文有佳趣,日进殊未休。吾愧河汾翁,子学常与收。
行将拭老眼,万里看骅骝。一叶下庭皋,大火当西流。
遥望河阳云,俄登李膺舟。交朋重惜别,挽袖终不留。
吾肠百炼刚,亦作茧绪抽。籍也不吾叛,寻盟定高秋。

游黄山留题

宋·方月涧

笑拟愚公恨力绵,无穷眼力到危巅。
天粘青嶂蒸岚雾,池涌丹砂费酒泉。

---

① 王挺之,太宗至道中为歙州军事判官。
② 王十朋(1112~1171),字龟龄,号梅溪,南宋著名的政治家和诗人。出生于乐清四都左原(今浙江省乐清市)梅溪村。绍兴二十七年(1157)中状元。以名节闻名于世。

高下瀑声多是雨,去来云气半非烟。
仙家日月长闲在,才得心闲也是仙。

别黄山
宋·文天祐
黄山别去恨绵绵,华表重寻第几巅。
马迹苔肥连碧汉,龙潭水暖涨灵泉。
断无花逐桃溪外,别有春留药圃边。
鹧鸪一声人亦老,鬓丝惊笑玉颜仙。

石门峰
宋·邓宗度
暮云无意锁,春草岂能关?
何事栖霞客,从兹去不还。

滴水岩
宋·邓宗度
石壁碎寒流,行人暮已愁。
更倾风月耳,无水不生秋。

石床峰
宋·邓宗度
原非人力建,造化琢磨成。
一枕游仙梦,蟾波白昼生。

苍豹

宋·邓宗度

却隐他山雾,来眠此洞云。
区区麋鹿辈,战栗敢予群?

游黄山

宋·石待问[①]

轩皇曾把浮丘袂,驻跸兹山遂得名。
迤逦乍登随步胜,巍峨一上觉身轻。
烟云日变百千态,猿鹤时闻三两声。
截断杳冥秋势隔,数州各自见阴晴。

水帘洞

宋·石应孙[②]

珠帘巧费水晶裁,万古垂垂溅碧苔。
几度月钩钩不上,倩谁妙手卷将来?

游黄山

宋·石应孙

山川形胜雄江东,九华辉映天都峰。
传闻早已荡胸臆,恨不插翼长相从。
揭来随牒官秋浦,城郭奔驰厌尘土。
挈家捧檄过临城,偷闲两作烟霞主。

[①] 石待问(?~1051),眉州眉山(今属四川)人,字则善。有《谏史》百卷。
[②] 石应孙,晋江(今属福建)人。孝宗淳熙十一年(1184)进士。光宗绍熙二年(1191)为池州贵池尉。

黄山登览原无由，何期易地太平游。
清池轩豁日舒丽，突兀楼观撑深幽。
凭高徙倚敞心目，绝壁半天横碧玉。
回溪千里指顾间，螺髻分明三十六。
壮怀高向紫霄悬，俯视培塿真一拳。
古今秀色餐不尽，笔端收拾生云烟。
萍踪倘未逐流水，古刹相望二三里。
暇时风月得交游，鸥鹭同眠勿惊起。

桃花洞

宋·吴弘钰

桃花五色四时开，片片香随涧水来。
况是轩辕曾手植，紫云深处有楼台。

黄山喜晴即事

宋·叶秀发[1]

一春鸠妇不停鸣，远岫云归喜得晴。
水拍秧田钗股细，风吹麦垄浪纹轻。
天应怜我倦行役，山亦多情互送迎。
三十六峰如好客，相逢便觉眼增明。

---

[1] 叶秀发（1161~1230），字茂叔，南宋官吏，学者称南坡先生，金华（今属浙江）人。

游黄山

宋·朱　彦[①]

三十六峰高插天，瑶台琼宇贮神仙。
嵩阳若与黄山并，犹欠灵砂一道泉。

游黄山

宋·刘　溉

地回群峰异，苍崖半倚天。猿啼重岫外，虎啸白云边。
帝马留遗迹，星坛隐旧仙。瀑泉长曳练，池水暖生烟。
古洞排虚险，高岩列碧鲜。灵峰遥可望，异境到无缘。
晓雾开还翳，晴岚断复连。樵歌时响亮，谷鸟日翩跹。
兽露孤峰侧，松欹怪石前。结茆深有意，脱履是何年？

天游峰

宋·刘边[②]

紫翠飞来石蕊间，何年幻出小瀛寰。
崖悬瘦瀑一千尺，峡束寒流八九湾。
苍壁向人如有待，白云何事未知还。
歌酬更挹浮丘伯，坐对中台话半闲。

[①] 朱彦，字世英，南丰（今属江西）人。生平事见《乾道临安志》卷三、清同治《南丰县志》卷二三。
[②] 刘边，生卒年不详，字近道，建安（今属福建）人。宋末元初诗人。

至华子岭初见黄山天都峰

宋·李弥逊①

华子岭头云荡胸，秋高木落万山重。
巨灵擘石分南北，扶出天都第一峰。

次韵公显宫教初见天都峰

宋·李弥逊

孤峰突兀现青虚，喜若羁人望故都。
神马已驰身尚远，却疑真有二文殊。

黄山在歙郡之北雄丽杰出可与嵩少争衡

宋·李弥逊

髯龙飞空去云急，雨翁蹋云挽龙入。
猩啼鹤怨凝春愁，三十六峰黛鬟湿。
紫阳照空天夜明，栖烟采玉唐宣平。
碧桃自熟人自远，千秋月露含凄清。
璜台十成架兰芷，花风吹楼蔓香起。
青霓叩阊帝下游，挹头攀箕荐琼醴。
南山北山朝暮青，云关岫幌开鳞鳞，
众真胡为驾凌冥？
寄言流星盍归只，宰官自是骑鲸李。

---

① 李弥逊（1085~1153），字似之，号筠西翁等。祖籍福建连江，生于江苏苏州。南宋时期官员，诗人、词人。

黄山作

宋·杜叔元①

占胜新安境,佳名千古闻。奇峰半天出,秀色数州分。

邃谷春犹雪,悬岩霁亦云。何时脱缰锁,猿鹤此为群。

因公檄按游黄山

宋·吴黯②

倏忽云烟化杳冥,峰峦随水入丹青。

地连药鼎汤泉沸,山带龙须草树腥。

半壁绛霞幽洞邃,一川寒雹古湫灵。

霓旌去后无消息,犹有仙韶动俗听。

石门峰

宋·吴弘钰③

横石架广门,天风自来去。

夜半闻洞箫,知是神游处。

---

① 杜叔元,字君懿,四川成都人。善书,得李建中笔法。仁宗嘉祐三年(1058)官宣州通判。神宗元丰初,为尚书都官郎中。

② 吴黯,邵武(今属福建)人。英宗治平四年(1067)进士,徽宗崇宁二年(1103),为太府少卿。

③ 吴弘钰,南宋宁宗嘉定时人,歙县(今属安徽)人。

沁园春·忆黄山

宋·汪莘①

三十六峰，三十六溪，长锁清秋。对孤峰绝顶，云烟竞秀；悬崖峭壁，瀑布争流。洞里桃花，仙家芝草，雪后春正取次游。亲曾见，是龙潭白昼，海涌潮头。

当年黄帝浮丘，有玉枕玉床还在不？向天都月夜，遥闻凤管；翠微霜晓，仰盼龙楼。砂穴长红，丹炉已冷，安得灵方闻早修？谁知此，问原头白鹿，水畔青牛。

黄山歌

宋·汪莘

黄山高哉，岿然为江东之巨镇兮，壁立于两浙之上游。摩天戛日以直上，阳枝阴派盘数州。四海不知两根本，行人但觉云飞浮。尝试芒鞋竹枝迨乎其间兮，一溪桃杏红烂漫，万壑松柏寒飕飕。悬崖绝磴可望不可到兮，古木倒挂险更遒。上有灵泉瀑布千万道，如银河自天争泻而竞注兮，砯雷溅雪隐现穿林幽。中有青鸾黄鹤千万对，雄倡雌和迭舞而交鸣兮，深林自适复有雪白数点之猿猴。山中自昔无历日，花开叶落成春秋。残英脱叶不知其所从来兮，但见夫涧谷之间桃花如扇，松花如蘽，竹叶如笠，莲叶如舟。菖蒲九节喂白鹿，灵芝三秀眠青牛。人间三月春已暮，洞中花卉春长留。奇香异气逐风去，散落尘世谁能酬。黄山高哉，云际一峰尚可画，云外一峰画不得，霜缯铺了掉首休。丹砂一峰烛天争日月，九龙一峰拔地张旗旄。天都一峰杰出于三十六峰兮，星斗森罗挂珠殿，日月对展琼瑶楼。中有一人兮龙冠而凤裘，左容成兮右浮丘。我时收却钓竿樵具作一束，投诸曹阮溪中流。浴余身兮汤泉，风余袂兮帝

---

① 汪莘（1155~1227），字叔耕，号柳塘，南宋诗人。休宁（今属安徽）人，布衣。隐居黄山，研究《周易》，旁及释、老。著有《方壶存稿》九卷、《方壶集》四卷。

所。夔鼓隐隐兮管啾啾，水精盘兮碧玉瓯。帝酌我兮劳我，左右为余兮凝眸。指余以南峰石壁记，授余以红铅黑汞大丹头。黄山高哉，余将揽秀巢云炼气于其下，坐令万物不生疵疠兮，禾黍盈畴。

沁园春

宋·汪莘

其二

挂黄山图十二轴，恰满一室，觉此身真在黄山中也，赋此词寄天都峰下王道者。

家在柳塘，榜挂方壶，图挂黄山。
觉仙峰六六，满堂峭峻；仙溪六六，绕屋潺湲。
行到水穷，坐看云起，只在吾庐寻丈间。
非人世，但鹤飞深谷，猿啸高岩。
如今老疾蹒跚，向画里嬉游卧里看。
甚花开花落，悄无人见；山南山北，谁似余闲？
住个庵儿，了些活计，月白风清人倚阑。
山中友，类先秦气貌，后晋衣冠。

黄山遇雨

宋·汪兼山

其一

谁能炼得娲皇石，我亦叫开阊阖门。
早起蒙天微一笑，依然云气薄昆仑。

其二

碑翻荐福雷轰碎，舟近蓬莱风勒回。
山意有余还不尽，青鞋留待后游来。

其三

乾坤老我头先白,山水无情眼自青。
三十六峰藏不得,小窗趺坐看图经。

游黄山留题
宋·张冠卿①

路尽清溪逼画图,乱云深处插天都。
雾开虎豹文姿出,松隐龙蛇怪状孤。
吐焰香砂收火齐,凌虚精舍碍灵乌。
我来为访容成侣,试问丹丘果有无。

登上岭游黄山
宋·陈天麟②

风扫烟岚一万重,平生佳处始相逢。
未骖轩后浮丘驾,已见天都石柱峰。
阆苑欲传青鸟信,壶天安用白云封?
朝真我亦通仙籍,况复年来访赤松。

温泉
宋·范成大③

砂床毓灵源,石液漱和气。郁攸甑常蒸,矕沸鼎百沸。
人生本无垢,安用涤肠胃。一瓢滟清肥,回首谢罗罽。
山深人迹罕,政以远为贵。君看华清池,谈者至今讳。

---

① 张冠卿,歙县(今属安徽)人。
② 陈天麟(1116~1177),字季陵,宣城人。高宗绍兴十八年(1148)进士。
③ 范成大(1126~1193),字至能,号石湖居士。平江吴县(今江苏苏州)人。南宋诗人,与杨万里、陆游、尤袤合称南宋"中兴四大诗人"。

浮丘亭

宋·范成大

黟山郁律神仙宅，三十六峰雷雨隔。
碧城栏槛偃双旌，笑挹浮丘为坐客。
岩扉无锁昼长开，紫云明灭多楼台。
云中仙驭参差是，肯为使君乘兴来。
西昆巇绝不可至，东望蓬莱愁弱水。
谁知芳草遍天涯，玉京只在珠帘底。
他年麟阁上清空，却访旧游寻赤松。
我亦从公负丹鼎，来劚砂床汲汤井。

天都峰

宋·范成大

维帝有下都，作镇此南国。孤撑紫玉楼，横绝太霄碧。
晶荧砂窦红，夭矫泉绅白。晴云无尽藏，竟日袅幽石。
诸峰三十五，离立侍傍侧。会稽眇小哉，请议职方籍。

茶岩

宋·罗　愿[1]

岩下才经昨夜雷，风炉瓦鼎一时来。
便将槐火煎岩溜，听作松风万壑回。

---

[1] 罗愿（1136~1184），字端良，号存斋，徽州歙县呈坎（今属安徽）人。著有《尔雅翼》《鄂州小集》。

晓看黄山

宋·郑 震①

奇峰三十六，仙子结青鬟。日际云头树，人间天上山。
九州人共仰，千载鹤来还。遥见樵苏者，披云度石关。

次龙吟寺壁闲韵

宋·赵汝育②

解鞍游古寺，夕照满疏林。雨过山如画，风生竹解吟。
龙眠秋水静，豹隐暮云深。唤醒游仙梦，数声何处砧？

游黄山留题

宋·赵日岩

半空岚翠滴楼台，物象冥搜入剪裁。
云散峭峰殊华岳，仙留灵迹胜天台。
丹砂水暖岩前涌，紫芁花香洞口开。
为问神仙住何处，寄诗还许到蓬莱。

花山寺看黄山

宋·柳桂孙③

翠色沉沉万树春，幽怀宜共竹为邻。
黄山只在阑干外，溪阁云深认不真。

---

① 郑震，宋人，字孟隆。五代时登进士第。后周恭帝初，累官殿中侍御史。宋太祖乾德初，掌泗州市征，负才倨傲，多所讥诋。刺史张延范衔之，密奏其嗜酒废职，出为河西令。后不愿迁徙，自烙其足，成疾，卒。
② 赵汝育，晋江(今福建泉州)人。太宗八世孙。理宗宝庆二年（1226）进士。
③ 柳桂孙，号月涧，为陈世崇师辈。事见《随隐漫录》卷三。

汤岭温泉

宋·柳德骥①

化工何事起炎凉，偏使山中泉作汤。

地气爣爣烧石乳，水香郁郁喷硫黄。

暄波常涌无冬夏，热溜长溅历雪霜。

闻道骊山有温谷，岂惟神女为秦皇。

祥符寺

宋·聂致尧②

诸峰回合处，古木抱松林。月占秋廊净，云侵昼殿阴。

有泉通石眼，不火沸池心。净洗多生垢，天风更梵音。

登楼望黄山

宋·徐　师③

黄山楼上望黄山，水石云霞未得攀。

三十六峰应笑我，纷纷尘事几时闲？

炼丹灶

宋·凌唐佐④

炼丹峰畔隐轩皇，石臼空存岁月长。

林下宛然含净色，风前依旧发余香。

虽留此地千般药，难问当时九转方。

独向溪头重拂拭，五云何处日茫茫。

---

① 柳德骥，理宗嘉熙四年（1240）为德化主簿。
② 聂致尧，字长孺，歙州新安（今安徽歙县）人，一作邵阳（今属湖南）人。
③ 徐师，曾通判歙州。
④ 凌唐佐（约1072~1132），字公弼，休宁（今属安徽）人。

黄山汤泉

宋·凌唐佐

一道出遥岑，潺湲古到今。雪天声泻玉，月夜影摇金。

岁旱施功大，民疴被泽深。浮容与轩帝，仙迹可追寻。

汤泉

宋·曹 泾①

山与红尘远，人疑碧落游。

振衣新浴罢，彻底自风流。

同山窗游黄山

宋·程元凤②

解鞍小憩索胡床，五载重来两鬓霜。

庭下幽花迷蛱蝶，屋头乔木弄笙簧。

棣华喜遂团栾乐，柳絮从教上下狂。

明月浮丘访仙伯，径迷芳草马蹄香。

观黄山仙人药臼

宋·程元岳③

药臼空遗千载名，丹成人向九天行。

我来欲觅刀圭剂，只听寒泉佩玉声。

---

① 曹泾（1234~1315），宋歙州休宁人，迁居歙县（今属安徽），字清甫，号弘斋。著述甚富，有《讲义》《书稿》《文稿》《韵稿》《俪稿》《服膺录》《读书记》《泣血录》《过庭录》《古文选》等。

② 程元凤（1199~1268），南宋大臣。字申甫，号讷斋，歙县（今属安徽）人。

③ 程元岳（1218~1268），字远甫，自号山窗，歙县（今属安徽）人。著有《山窗集》，已佚。

仙棋石

宋·程元岳

传闻棋不在中峰,曾有樵夫得一逢。
自后世人无处觅,云溪花洞几重重。

游黄山次韵

宋·程元岳

漫宿林间夜对床,钟鱼衍度几星霜。
月高花影频开画,风动松声自鼓簧。
人事悬知春日好,禅心少年不作狂。
重来为称裴公约,万绿荫中醋酒香。

登黄山

宋·鲁宗道

三十六峰凝翠霭,数千余仞锁岚烟。
轩皇去后无消息,白鹿青牛何处眠。

莲花源

宋·鲁宗道

花开十丈照峰头,露褪红衣烂不收。
太乙真人多逸兴,稳眠一叶泛中流。

游黄山

宋·焦炳炎①

秀出云霄一杖探，诸峰高下护晴岚。
丹成兔魄香生杵，影见龙津月在潭。
洞暖有花因七七，云深无雨住三三。
粥鱼敲动山林典，合傍浮丘去结庵。

黄山赋

宋·焦炳炎

　　胜地何最，黄山匪常。耸出云天之外，高参星斗之傍。怪石参差，卓尔丹青之绘；奇峰磊落，分明碧玉之妆。地产如金之药，池燃无火之汤。原夫秀压群山，名侪五岳。乾坤为匠，安排八面屏风；造化施工，幻出千层楼阁。碧莲芳夏，素橘生秋。幽洞寥寥而闲眠白鹿，高山寂寂而稳卧青牛。瞬息樵柯之易烂，从容棋局以忘忧。景同壶里之天，美赛蓬莱之岛。桃红而远胜霞鲜，泉清而人皆不老。几多松桧之奇材，无数芝兰之异草。许瓢垂挂，必夸兹地之幽；谢屐登临，须玩此山之好。隐隐浓浓之晚岫，层层叠叠之晴峦。风动而山林鼓乐，春来而禽鸟争喧。碧枕卧千秋之榻，麻衣留百世之庵。数块丹砂耀朱光兮，何年则朽；千寻瀑布泻银河兮，万古犹观。何客无诗，何图无画？潭洁而白龙吟，云深而朱鹤化。啼猿惊药兔之眠，回马陷珑珍之跨。天都峰外日升，拥出金盘；狮子岩前雪坠，雕成玉斝。是知伟哉仙景兮，着处都称；巍然江石兮，独擅其名。宛水有步云之客，中山多折桂之人。出自兹山之秀，繇于岳降之神。六六奇峰，尖似状元之笔；重重秀丽，端如学士之绅。尧舜为君，皋夔作佐。民安岩谷而自息，士俯林泉而稳卧。定知怀世之雄才，必遇搜贤之诏播。庶衣锦而还乡，睹黄山而列贺。

---

① 焦炳炎(1194~1279)，字济甫，宋宣州人，徙居嘉兴。理宗淳祐元年（1241）进士。谏官。

石人峰

宋·焦翠峰

顶有石，若老道士。

石为肌骨应成假，铁作肝肠未必真。
当日容成丹就处，何当点化作仙人。

叠嶂峰

宋·焦翠峰

架空睥睨三千界，叠起棱层十二楼。
明月上来遮不得，翠光浮动万山秋。

题黄山送别图

宋·焦焕炎[①]

我家黄山隅，不识黄山面。
不自到黄山，见图如不见。
如何黄山客，又别黄山去？
落日晚烟昏，黄山在何处？
黄山有汤泉，可以洗涤尘世缘。
黄山有瑶草，可以饵之长不老。
黄山有神丹，得之可以超尘寰。
胡为别却黄山去，只把生绡写空翠。

---

① 焦焕炎，字晦甫，理宗绍定二年（1229）武举进士。累官知镇江府。事见《至元嘉禾志》卷一三。

游翠微即事

宋·焦　显

入山寻古寺，曳杖到翠微。山色无今古，人情有是非！
同谁挑布袋？随我问麻衣。坐听楞严罢，青猿抱子归。

汤泉

宋·焦静山①

渟渟灵水养灵珠，籁定波生注玉壶。
洗尽尘劳多少客，不知还解洗心无？

黄山

宋·释怡庵②

千岩竞没翠云梯，万壑争流鸟乱啼。
月塔正圆如月印，天都直上与天齐。
山椒夜起金银气，谷口朝看雾霭迷。
借问古今嘉遁者，苔花蚀刻几留题。

游黄山

宋·谢　凤③

历览岩峣接斗牛，岩排云树翠阴稠。
风生药臼清香远，日照丹岩紫气浮。
仙乐有声闻昼夜，灵泉无火沸春秋。
犹多奇绝应难到，聊写新诗纪胜游。

---

① 焦静山，宋代诗人。
② 释怡庵，宋代诗人，僧人。
③ 谢凤，闽县（今福建福州）人，高宗绍兴五年（1135）进士。曾为建昌军教授。事见清乾隆《福建通志》卷三三。

发黄山

宋·佚 名

天公知我为山来,尽收云气翠作堆。
天公知我出山去,千里晓雾漫不开。
好山固自不世俗,诗人言归非所欲。
三十六峰削寒玉,恨不题诗满山谷。

青鸾峰

宋·佚 名

卓立巉岩鸾凤形,翩跹舞翠炫花纹。
冲霄千载飞腾处,犹剩峰头一片云。

翠微峰

宋·佚 名

洞里乾坤世莫知,时闻啸鹤带云归。
几回洞口乘风立,欲挟飞仙入翠微。

石柱峰

宋·佚 名

削石成峦气势雄,峭然一柱插晴空。
莫言材大难为用,会有擎天镇地功。

元

寄黄山性宗上人

元·王 仪

嵯峨丹砂峰，攒峦秀如簇。阴崖吐灵泉，峭壁洒飞瀑。
下有轩辕祠，渠渠隐林麓。云房更萧疏，兰芷荐芬馥。
别来近十年，一见慰心曲。讵知当乱余，共剪西窗烛。
策策山雨鸣，幽幽人独宿。明发赋归来，后会岂云卜。

登黄山

元·吴元生

行行采瑶花，峭壁何斩绝。赤霞乱不收，大化元气泄。
下有万年松，上有大古雪。只恐月明中，铁笛吹石裂。

石床峰

元·汪 珍①

常约高僧访上方，峰头老树白云藏。
仙翁何处归来晚，风落松花满石床。

登黄山

元·汪泽民②

屹立四千仞，缘回八百盘。藤萝孤寺合，苔藓一碑残。
风急龙髯断，云深鹤睡寒。兹山可招隐，吾亦挂吾冠。

---

① 汪珍（约1321年前后在世），字聘之，宁国太平人。著有《元诗选》。
② 汪泽民（1273~1355），宁国宣城人，字叔志，号堪老真逸。与张师愚合编有《宛陵群英集》。

四月九日新霁景气清淑
偕宗英公仲自天都峰侧游汤泉道中偶成

元·汪泽民

天都复出诸峰上，曙色岚开逸兴催。
半壁暗泉吹冷雨，悬崖飞瀑吼晴雷。
白云缥缈仙乡远，碧落高寒俗驾回。
自笑生平爱清境，冥搜不厌历崔嵬。

黄山雪霁

元·张可久①

云开洞府，按罢琼妃舞。三十六峰图画，张素锦、列冰柱。
几缕，翠烟聚，晓妆眉更妩。一个山头不白，人知是、炼丹处。

游黄山

元·郑　玉②

江左诸峰罕出群，谁云华岳与平分。
几千百涧流苍玉，三十六峰生白云。
幽谷高人抱真独，荒崖野草剩芳芬。
几回独向风前立，夜半吹箫天上闻。

---

① 张可久（约1270~约1350），元朝重要散曲家、剧作家，与乔吉并称"双璧"，与张养浩合为"二张"。

② 郑玉（1298~1358），字子美，元朝徽州歙县郑村（今属安徽）人。经学家，忠义之士。元末徽州最著名的理学家，著有《师山先生文集》《周易纂注》。

丙申冬游黄山
元·赵汸

其一
搜刮山林尽，诛求鸟雀悲！力微思引避，势迫遂相夷。
误返屠羊肆，空忧漆室葵。浮丘如可觅，携手访安期。

其二
束缊迎门月堕初，同来有客共艰虞。
几年避寇今无地，何处诛茅可结庐。
雪虐风饕樵客路，山囚濑萦野人居。
一箪肯许同栖息，寂寞残生不愿余。

游黄山
元·柳月硐

出门石满溪，度溪石当路。平生历崎岖，至此当缓步。
外物不可必，险夷随所遇。好山触面来，倚杖费三顾。

黟山杂咏
元·唐元

翠瑶为壁住人家，一夜山前听乱蛙。
莫怪客衾凉似水，淙淙飞涧隔窗纱。

黄山
元·曹通

黄山高耸与天齐，逸客遨游见品题。
仙去岩头丹灶冷，鹤归洞口白云迷。
断崖芝草疑无路，流水桃花别有溪。
回首数峰凝望处，提壶挽过石梁西。

游松谷庵望黄山

元·程仲清

庵前少立望峰头,洞府云深隐玉楼。
欲挟飞仙游汗漫,偶逢樵叟话绸缪。
岩泉晴喷中天雨,松谷凉生六月秋。
两袖清风归路晚,此身何异在瀛洲。

游黄山

元·释此村

大峰都欲上天去,小峰辐辏如相留。
浮云卷风绤中脱,飞泉挂壁银河流。
三岛升沉差可指,九华缥缈争回头。
汗漫周王八骏马,不来恐为轩辕羞。

祥符寺有怀师山先生

元·鲍 深①

长廊满壁墨淋漓,好事经行尽赋诗。
因问郑君读书处,老僧犹解说当时。

祥符寺避暑

元·鲍 深

森然古木覆苔阴,四顾苍山一径深。
六月长廊不知暑,飞泉终日响潮音。

---

① 鲍深(1311~1377),字伯原,元代歙(今属安徽)人。

明

送沈君典太史游黄山

明·王 寅[1]

君从谢朓郡，春仲游黄山。自昔轩辕帝，水火炼还丹。
丹鼎几千岁，尚锁烟霞间。峰环三十六，险绝难跻攀。
图经载大鄣，钟灵黄山始。斗野镇会稽，昔乃荒服耳。
嗟哉故史遗，封禅胡为祀？嵩岱弱冠登，幽奇亦堪比。
君家三百里，裹粮游已迟。和风吹初服，正及桃花时。
花开十万树，峰以绛霞披。先余约同调，深谷赖追随。
别业避南原，借居樵人屋。种茶盈十亩，碧叶香渐熟。
追随余忍辞，君游最宜独。长啸抚松杉，忘机狎麋鹿。
游罢谩东返，三径候潭园。泉烹仙人掌，酣歌代酒尊。
老狂对醒眼，相为燕市言。君去东方朔，浮沉金马门。

题黄山三十六峰

明·王公弼[2]

层峰六六耸仙葉，图画功夫总未如。
行到云边疑欲尽，直穷天际更无余。
谁标灵异都相似，多有幽奇不载书。
欲遍周遭攀绝顶，奈无暇日可停车。

---

[1] 王寅，字仲房，一字亮卿，歙县（今属安徽）人，明代诗人。尝北走大梁，问诗于李梦阳。著有《十岳山人诗集》。
[2] 王公弼（1585~1655），字直卿，号梅和，万历四十四年（1616）中进士。

送皇甫子循游黄山白岳诸胜地得一律

明·王世贞[①]

白岳黄山千万峰，峰峰云气欲如龙。
平将远势凌天目，雅有高名配岱宗。
风光旧属囊中草，岁月新收脚底筇。
应作青莲李居士，九华拈出九芙蓉。

赠吴孝父归黄山

明·区大相[②]

黄山连碧虚，上有轩辕居。丹台久芜没，何客此结庐？
结庐独长往，早发金庭想。高揖曹阮辈，炼药恣偃仰。
紫房闭绿苔，清涧裊云来。丹井昔常洁，瑶宫今始开。
自为黄山客，醉拂黄山石。兀然发孤啸，千峰敛暮色。
何时启石关，投足遍人寰。意欲穷九有，归卧云松间。
君去亦多时，君来何太迟。容成与浮丘，招手白云期。
昔落风尘里，名姓在人耳。今返烟霞际，悠然与终始。
三十二莲峰，荡漾金芙蓉。归来当见忆，云鹤许相从。

---

① 王世贞（1526~1590），字元美，号凤洲，又号弇州山人，太仓（今江苏省太仓市）人，明代文学家、史学家，"后七子"领袖之一。著有《弇山堂别集》《嘉靖以来首辅传》《觚不觚录》《弇州山人四部稿》等。

② 区大相（1549~1616），字用孺，号海目，广东佛山人。著有《区太史诗集》《区太使文集》等。

扰龙松歌

明·方拱乾

黄山松以名奇者七,不名奇者千百。独此松居始信峰下,孤生一峰,根露峰肤,株藏峰腹,左枝横生如垂练,如曳尾。觉都门报国皆下,犹是无盐矣!彼东家子,安敢不推夷光上座?

峰未根时松已根,指身为根峰吐吞。
身奇不肯轻示人,时一露之赖峰痕。
到顶将伸意还屈,千龄难结一枝绿。
欹琦故欲学峰形,峰高松短同奇局。
忽生一臂横十丈,不及顾根遥相望。
一曲一结枝成根,垂垂恍与峰揖让。
平观绝巘一青盖,登峰戴松峰斯在。
翠发如茵拂不长,雨露安敢增其态。
拿云攫海夫何情,无能形之强以名。
群峰亦知恋松立,驱奇齐拥为松城。
黄山是松奇难拟,会众松奇失松体。
眼中所见森森然,及此真成鳞爪矣。

天都社诗

明·方弘静[①]

丞相原中香雨微,天都峰下玉芝肥。
石髓如饴流未绝,他年来驭紫鸾飞。

[①] 方弘静(1516~1611),明代歙县(今属安徽)人,字定之,号采山。嘉靖二十九年(1550)进士,天都社创始人之一。著有《素园存稿》《千一录》。

题黄山

明·方 勉①

杖藜得得入云看，中有幽篁下有兰。

百道飞泉鸣玉佩，千寻石柱架琼峦。

隔林幢影招青鸟，出洞箫声送彩鸾。

地位清高人罕至，好收风景入琴弹。

偕诸友酌朱砂池上

明·方 懋②

遥观松郁郁，近听水潺潺。似步临丹壑，飞觞醉玉颜。

无风云出岫，有鸟暮归山。莫惜斜阳坠，相期戴月还。

百丈潭

明·方大治③

东风敛夕霏，山色霭晴晖。天上银河落，潭边白练飞。

深林啼鸟绝，危磴采樵稀。已冒垂堂戒，冈头一振衣。

宿天都峰下

明·方大治

危峰何崔嵬，去天仅盈尺。云霓翻在下，象纬可扪摘。

三春无鸟飞，一径稀人迹。翕赩洞口霞，晻曃水中石。

挥手凌空苍，翛然生羽翮。岁迈迹易湮，人存事靡致。

枯榛物候新，于焉炼金液。

---

① 方勉（1393~1470），明歙县（今属安徽）人，字懋德。永乐十三年（1415）进士。著有《怡庵集》。

② 方懋，明安庆（今属安徽）人。桐城方氏自方懋之后，门庭日隆，代有闻人。

③ 方大治，生卒年不详。著有《百丈潭》。

黄山玉兰

明·方大治

深谷名花何处移，森森玉树媚清漪。
国真漫拟《猗兰操》，香色还同冰雪姿。
山气凝寒开独后，灵根穿石意偏奇。
与君采折充琼佩，独笑傍人应未知。

天都诗

明·方大治

石磴悬青壁，星坛倚太空。振衣千仞上，飞舄五云中。
地产三株树，天垂百尺虹。游人惟仲止，我欲溯鸿蒙。
犹闻侪侣声，烟中南扶筇。庵声饷客勤，为作伊蒲供。
饭罢错昏昼，星星待夜钟。

马迹石闲步

明·方大治

仙驾渺难追，谁是多霞客？
如何峰上人，空遗马行迹？

赠沈耕岩先生住黄山

明·方以智[①]

天地为林薮，容君笔种田。千秋谁脱劫，山径早忘年。
世积余杭箧，新添栗里弦。火炉能寄语，他日问香烟。

---

① 方以智（1611~1671），字密之，号曼公，自号龙眠愚者、浮山愚者、密山愚者、泽园主人、鹿起山人、密山子、愚者密等。江南安庆府桐城（今属安徽）人，是明清之际著名的学者、思想家。著有《易蠡》《性善绎》《桐夷》《迩训》《桐川语》等。

指路峰

明·邓　恺①

路转寻幽径，林深见碧峰。

迷途凭指点，不患白云封。

冷风阁②

明·龙　膺③

飞阁干云映碧松，月明槛外水溶溶。

空中何处鸣仙佩，如在莲花第一峰。

望云门

明·龙膺

千嶂莲开映碧空，两峰碧立断长虹。

只容白鹤双飞入，直接星河一道通。

伯传游黄山归述示奇胜赋答

明·申时行④

松径幽仍险，云峰秀复奇。荡胸开汗漫，侧足度欹崎。

鸟道人踪绝，狮林佛力持。兹山超五岳，未必向禽知。

---

① 邓恺，明昭宗护卫总兵。早年事迹不详，随永历帝入缅甸，为都督同知。
② 冷风阁是黄山古建筑，今废。
③ 龙膺（1560~1622），字君善，号朱陵，晚号渔仙长，湖广武陵（今湖南常德）人。著有《九芝集》《纶澨文集》《纶澨诗集》，另有《蓝桥记》《金门记》传奇，今已佚。
④ 申时行（1535~1614），字汝默，号瑶泉，晚号休休居士，苏州府长洲（今江苏苏州）人。

看山

明·丘禾嘉①

一幅松石画，挂向碧云端。
坐卧不能去，移家岁岁看。

游黄山

明·冯世雍②

帝子烧丹处，青猿夜夜啼。风云蟠异境，泉石护幽栖。
寺古千峰伏，钟沈万壑迷。杳然忘去住，雷雨海桥西。

初霁登炼丹峰

明·冯梦祯③

阻雨坐一室，正如鸟在笼。推窗睹霁色，心已驰虚空。
冲泥道崇岭，徒侣欣相从。双手攀天梯，两腋生天风。
轩皇炼金波，此地留玄踪。耸身到峰顶，下界烟蒙蒙。
环坐松石间，翠色澄心胸。雾消山递呈，青紫殚妍容。
安得乘日车，踏遍高低峰。

---

① 丘禾嘉（1585~1633），明朝贵州新添卫（今贵州贵定）人，丘禾实之弟，明朝后期官吏。
② 冯世雍，明代湖广江夏（今湖北武汉江夏区）人，字子和，号三石。嘉靖二年（1523）进士，官至徽州知府。著有《吕梁洪志》《三石文集》。
③ 冯梦祯（1548~1606），字开之、具区，晚号真实居士，浙江秀水（今浙江嘉兴）人。著有《快雪堂集》《历代贡举志》《快雪堂漫录》等。

黄山杂咏（三首）

明·许 国①

天都峰

天都回出来峰巅，缥缈丹梯石濑悬。

欲起浮丘问真诀，一声猿啸万山烟。

朱砂洞

黎杖穿风度涧松，朱砂洞口白云封。

三珠树上一声鹤，人在芙蓉第二峰。

白龙潭

轩帝丹炉不可寻，白龙潭上水云深。

潭边吹笛唤明月，惊起龙吟风满林。

光明顶云海

明·朱 鹭②

看云共策光明顶，布墼弥原乱涌涛。

四望真成银色海，青青独露几峰高。

黄山松

明·朱鹭

松无五仞高，矮者二三尺。

敷枝或横亩，平翠可布席。

---

① 许国（1527~1596），字维桢，号颍阳，徽州府歙县（今安徽省歙县）人。嘉靖四十四年（1565）中进士，历仕嘉靖、隆庆、万历三朝。著有《许文穆公集》。

② 朱鹭（1553~1632），初名家栋，字白民，吴县（今江苏苏州）人。活跃于嘉靖至崇祯年间，擅画竹石，书法兼工。

月夜黄山对酌

明·刘元凯[1]

举世逐纷华，道人秉幽独。天游寄黄山，奇绝不可述。
芙蓉开不凋，石笋煮不熟。上有双白鹇，时下汤池浴。
玉皇放明月，辉映三十六。入此酒杯中，清凉润诗骨。

咏黄山

明·刘宗敏[2]

神仙台阁干霄汉，秀出奇峰压巨鳌。
云母屏开图画古，水晶帘挂洞门高。
桃林春老飞红雪，松谷风生响翠涛。
跨鹤仙人归去晚，露华凉沁五云袍。

同老僧万永寻紫云溪过一线天

明·许 楚[3]

紫云溪酿碧琉璃，曹阮移家洵有之。
路尽可寻谁自弃，峰来无理始能奇。
巃嵸拔壑千株起，剸刿拿天一线离。
秀透玲珑随足是，更添香翠染须眉。

---

[1] 刘元凯，明代四川阆中人。嘉靖二十年（1541）进士，太平县知县，素有政声，有"刘青天"之誉。曾数登黄山。

[2] 刘宗敏（1607~1645），字捷轩，陕西蓝田人，明末农民起义军名将。

[3] 许楚（约1605~约1676），明末清初安徽歙人，字芳城，号旅亭，又号青岩先生。明末诸生。清初因明裔朱由菼称王案被株连入狱，旋得释，隐黄山以终。工诗文。晚失明，著述未尝或辍。著有《青岩文集》。

黄山小药庵坐雨
明·许 宁①

触石云生涧响潺,薜衣寒浸掩松关。
何人共觅登山屐?看遍晴山看雨山。

鸣弦泉
明·许志古②

有石横卧如横琴,瀑泉激石弹清音。
我携焦尾写其调,一曲未终风满林。

山中月夜听猿
明·江天一③

黄山三十有六峰,峰峰削出青芙蓉。
白云红树自重重,山中猿狖时相逢。
宵来海月飞天东,绿烟消尽光朣胧。
皎如欧冶磨秦铜,意致缥缈骖虬龙。
萧然有声来碧空,袅袅凄凄悲且雄。
引商刻羽含清宫,哀丝急管非笙镛。
涧泉呜咽凤鸣松,恍然坐我三峡中。
谁听此声涕沾胸,苏门清啸将无同。
天风海涛曲未终,林端月落闻疏钟。

---

① 许宁(?~1498),字志道,江都(今扬州)人,明中期将领。
② 许志古,歙县(今属安徽)人。
③ 江天一(1602~1645),字文石,初名涵颖,字淳初,徽州歙县(今属安徽)人,明代抗清将领。

宿黄山陈足彝宅

明·汤燕生①

世故相看名未怡，到门秋色寒浸卮。
接舆有妇知偕隐，安道生儿亦茹芝。
插汉奇峰环左牖，霾云绝壑近东篱。
惟余芒履初登顿，曳杖相随作导师。

梦游黄山吟

明·孙一元②

朝看黄山图，暮梦黄山行。手扪天都月，一笑云烟横。
丈人眉如霜，采秀忻相迎。酌我以石髓，遗我以琼英。
泠然跨黄鹄，更欲游空明。群峰忽不见，一举还自惊。
觉来发长叹，半窗松雨鸣。

谢鲍山人采松花见寄

明·孙一元

山人缚屋黄山巅，青松万树盘屋前。
春风摘取花满裹，蓬人遥寄吴门仙。
吴门仙人身已轻，服花更向灵气生。
白日独坐若木下，沧海如席龙不鸣。
昨梦访君松树樾，赤脚踏云石苔滑。
天风飒飒吹欲醒，归来松际留明月。

---

① 汤燕生（1616~1692），字玄翼（元异），号岩夫、黄山樵者，江南太平（今属安徽）人。明末清初书画家，著有《商歌集》等作品。

② 孙一元（1484~1520），自称关中（今属陕西）人，字太初，自号太白山人。善为诗，著有《太白山人稿》。

史远公以黄山游记见示奉答

明·纪映钟①

君从汤口寻山去，直入千峰与万峰。

才有路时三涧雪，绝无人处一声钟。

云锦忽漫藏丹灶，瀑布长悬溅白银。

披写幽情随意书，却疑柱杖是苍龙。

送吴大年还新安觐省期以春晤

明·阮大铖②

君归绕屋有梅花，高枕天都峰顶霞。

怡老手能和大药，望衡人为折疏麻。

时纷始悟簪缨累，身隐何如钓弋嘉。

春草且深江柳细，白门期与共听鸦。

答吴太史天石见讯并订天都之游

明·阮大铖

遥望天都峰，峰高云木秀。岚翠终古凝，芝英四时茂。

宝鼎炼金光，神皋泄所守。余友谢尘缨，逸驾兹焉逗。

遗身翱鹤路，结庐抗霞首。近远风中泉，朝暮檐间岫。

历遁羲和则，药补神农漏。厨粻贱椒兰，山香贞橘柚。

遐念芦中人，音旨各相缪。江氓亦何营，固穷守耕耨。

饭牛遵若时，分蜂谨其候。采薪乐有员，纬萧则安陋。

---

① 纪映钟（1609~约1680），字伯紫，自称钟山逸老，江南上元（今江苏南京）人。著有《戆叟诗钞》四卷。

② 阮大铖（约1587~约1646），字集之，号圆海、石巢、百子山樵，怀宁（今属安徽）人。明末大臣、明末清初戏曲作家，以《春灯谜》等"石巢四种"剧作闻名。

谁甘负鼎讥，濡彼在梁咮。枯树复谁感，问天理常谬。
秋山蓄烟霜，褰裳誓相就。从君折琼枝，云车以先后。
睇笑逼真灵，行藏扰华宿。云梯桧栝扶，山响林筊奏。
媚月整清弦，欣泉理闲漱。反景悬圊来，若华颎初昼。
松乔既可要，瑶象亦纷簉。高斟北斗浆，一奉轩皇寿。

文殊院雨后早眺

明·李雯[①]

文殊面阳崖，重椒肆秀望。日出天都春，散在莲花上。
松栝洗晴岚，长风激云浪。石林气清深，天人共凄旷。
淡濑光翠摇，潜濑窒声壮。俯视升氛劳，始知奔峭横。
山苍秋易高，晓静迹难放。七月遂寒衣，凭虚一惆怅。

一线天

明·李雯

云里石头开锦缝，从来不许嵌斜阳。
何人仰见通霄路，一尺青天万尺长。

咏黄山寄程太守式之

明·李东阳[②]

怀君旧是云中守，归去黄山尚卧云。
欲借剪刀峰下景，好裁一半与平分。

---

① 李雯（1609~1647），字舒章，华亭（今上海松江）人。少与陈子龙、宋征舆齐名，合称"云间三子"。著有《蓼斋集》四十七卷、《蓼斋后集》五卷。

② 李东阳（1447~1516），字宾之，号西涯，谥文正，明朝中叶重臣，文学家、书法家，茶陵诗派的核心人物。文章典雅流丽，工篆、隶、书。著有《怀麓堂集》《怀麓堂诗话》《燕对录》。

甘露松

明·杨 补[①]

两颗涓涓滴四时，分明峰顶露香滋。
山露欲洒游人渴，故倩青松作柳枝。

白猿

明·杨 补

见于始信峰底。相传一玄一白，玄者须过于脐，常取食山园，白者一无所染。

如拳曾守药炉红，乞得轩皇一粒功。
抖擞雪衣皆岁月，笑入毛骨电光中。

飞来峰

明·杨 补

何来一片云？化石栖峰面。百丈无皴痕，趾虚通一线。
欹倾不自安，非根岂能眷？翼翼半欲去，如怀故山恋。
侧身临其前，瞑目骨已战。相戒勿尔触，下久意始善。

光明顶日华

明·杨 补

午烟忽月非月也，乃日敛芒呈体全似月耳，有物横入，圆规如蚀状，久至过半乃分织日端，缃缃作金缕光炽空，光复远下别峰，丹紫万状，而近顶则犹夫烟雾也。众观愕然，莫知所名。以有类乎？月之华也，因名

---

① 杨补（1598～1667），明代画家。字无补，号古农，祖籍临江（今江西清江），生于吴，后为长洲（今江苏吴县）布衣。工诗，善山水画，落笔似黄公望。明亡后隐居邓尉山。

之华而系以诗,是为十六日。

风云互呼吸,构象殊无端。白日自有常,忽焉示月观。
有物若凭之,蚀规将半残。斯须作金纬,析月不得完。
其光下远际,幻彩随群峦。顾我衣袂间,浓霭仍漫漫。
众惊不暇论,但云重遘难。吾技烟云为,其技正未殚。

咏黄山

明·杨　宛①

黄山山上万峰齐,一片孤云千树低。
笑山巫山峰十二,也称神女楚王遗。

寄题汪子鼎文治始信峰草堂

明·吴嘉纪②

兹峰尝梦想,今到峰上头。松瘦气长清,四序以深秋。
开门临万象,散发人悠悠。云生散花坞,水白莲花沟。
日月走一壁,阶庭凌九州。移尔昆梦情,销人古今愁。
郑圃寓子林,社山栖吾丘。青青千岁猿,抬之从我游。

莲花峰

明·吴　铼

一种青莲吐绛霞,亭亭玉立净无瑕。
遥看天际浮云卷,露出峰顶十丈花。

---

① 杨宛(?~1644),字宛叔,一作宛若。能诗词,娴南曲,又善书画,其草书尤为人所称道。
② 吴嘉纪(1618~1684),字宾贤,号野人,安丰场(今属江苏)人。工于诗,其诗语言简朴通俗,内容多反映百姓贫苦,颇有孟郊、贾岛的诗风,著有《陋轩诗集》。

黄山作

明·吴可文

接天寒翠隐仙关，怅望灵区莫可攀。
每向雨余觇暧逮，时从松际听潺湲。
幻来只觉都无我，奇处翻疑不是山。
拟筑茅茨傍丹壑，门前时看海云闲。

咏黄山巨鱼

明·吴钟峦[①]

咄哉何物老波臣，碧玉丹砂合作身。
珍重山灵好呵护，莫教烟火漫相亲。

登始信峰

明·吴廷简

亦知理外事难穷，想见成时竭鬼工。
壑似五丁曾凿断，桥悬独木竟凌空。
坞香天女花争散，柯烂仙人局未终。
莫虑结茅无取汲，雨余先控饮江虹。

[①] 吴钟峦，字峦稚（一说字峻伯），号霞舟，学者称其为霞舟先生。南直隶常州府武进县（今属江苏）人。崇祯七年（1634）中进士，弘光元年（1645）擢为礼部主事。鲁王朱以海监国至闽，拜为通政使，升礼部尚书。往来普陀山，组织抗清斗争。永历五年（1651）兵败，自尽于舟山，年七十五岁。

上芙蓉岭
明·吴伯与[①]

逼似黄山顶,池开千叶莲。人疑登山彻,我欲问青天。
冷翠沾衣雨,空香炼药烟。仙台应不远,凝望一欣然。

晒药台
明·吴日宣

我来披宿莽,兴托与幽探。倚杖临危屿,牵衣掩薄岚。
青林霜一点,丹诀石重函。何日寻真药,空令石臼寒?

黄山七景
明·佘翔[②]

其一·石床
彩霞为幔石为床,玉女吹箫下凤凰。
不到名山深采药,桃花邨复问刘郎。

其二·天都峰
青山壁立斗青莲,列嶂霞标驻列仙。
安得乘风之帝所,云门咫尺听钧天。

其五·丹洞
石洞云深白日寒,鼎中砂熟跨飞鸾。
若教解得刀圭诀,何处烟霞不可餐。

其七·桃花溪
山下溪流曲曲斜,春风吹落武陵花。
渔郎若问桃源路,鸡犬云中别有家。

[①] 吴伯与,明徽州府宣城人,字福生。著有《内阁名臣事略》《素雯斋集》。
[②] 佘翔(约1535~?),字宗汉,号凤台,福建莆田人。明代举人、诗人。著有《薜荔园诗集》等。

望天都

明·汪道昆①

一峰卓地插中天，独立亭亭山岳莲。

老鹤青冥回戌削，孤云翠壁绝攀缘。

高标斗牛悬河鼓，俯视儿孙振御筵。

瞥见王乔披绿发，相邀帝所听朱弦。

九龙潭

明·汪道昆

摩天积石递灵湫，客子寻源到上头。

吴楚江分双白发，轩辕宫近九垂旒。

昆仑西北星连海，瀑布高低汉倒流。

忽漫盘空云气合，群龙应奉帝车游。

简冯开之太史雨中游黄山

明·汪道会②

扁舟西上子陵滩，亲访轩辕炼药坛。

云近鼎湖常作雨，衣侵瀑水欲生寒。

襄城漫道寻真易，华顶应知揽秀难。

明到天都回首望，钱塘一点镜中看。

---

① 汪道昆（1525~1593），徽州府歙县人，字伯玉，号南明。嘉靖二十六年（1547）进士。著有《太函副墨》《太函集》。

② 汪道会，字仲嘉，明代徽州休宁人。著名文人，与其兄汪道昆、汪道贯皆以能诗而名，为新安诗派的重要人物。曾与汪道昆、王世贞、屠隆等在浙江杭州共举"南屏社"。著有《小山楼稿》，辑有《泛舟诗》一卷。

天都诗

明·汪 瑗①

青壁高千仞,黄山第一峰。芙蓉落天境,丹朡耀云松。
石室留仙灶,金沙驻玉容。尚从轩后去,白日驾飞龙。

和程篁墩先生黄山韵

明·汪玄锡②

紫石峰隈老衲关,寻幽谁解爱真闲?
钟声忽起云遮寺,丹日初埋雪满山。
千丈澄潭留古色,半空悬石溅飞潺。
灵源芝草今犹产,直蹑丹梯顶上峰。

游黄山有感

明·汪玄锡

落落相逢好事难,百年能见几黄山?
来当天日晴明后,望尽烟霞缥缈间。
世故劳人空自老,鬓毛因病已成斑。
仙岩欲觅浮丘子,为我殷勤说大还。

---

① 汪瑗,字玉卿,安徽歙县人。其著作《楚辞集解》,是明代最有影响的一部楚辞著作。
② 汪玄锡,明代人,字天启,号蓉峰。正德六年(1511)登进士。著有《东峰奏议》《遗稿》。

次程司马褒毅公旧游黄山韵

明·汪铉[1]

梵宫初酌已斜曛，风引泉香席上闻。
渺渺轻烟千壑树，霏霏微雨半山云。
金声错落诗频送，宝篆氤氲僧自焚。
壶天慢投清兴发，一樽尽醉夜平分。

登炼丹台

明·汪铉

帝子乘云游帝乡，丹峰空见树苍苍。
鼎湖望绝龙髯后，始信神仙亦渺茫。

祥符寺

明·汪淮[2]

路入黄山万壑低，半空钟磬古招提。
龙归定水非缘豢，猿听残经自失啼。
门外流泉香涧满，阶前双树法云齐。
老僧趺坐成疏懒，送客何尝出虎溪。

---

[1] 汪铉（1466~1536），字宣之，号诚斋，晚号蓉东，又号石耳山人。南直隶徽州府婺源县（今属江西）人，明朝中期大臣，唐朝越国公汪华之后。

[2] 汪淮（1519~1586），徽州府休宁（今属安徽）人，字禹乂。著有《汪禹乂诗集》《徽郡集》。

黄海寒游

明·沈颢①

今日雾,公无渡!安知奇,此回互。
宛涂鸦,拟刷素。俄迷离,酿沈暮。
得鸟声,失驴步。天解颐,还尔故。
峦螭翔,屿虓赴。幂平皋,绿野渡。
况升沉,牵回顾。云倒生,天门路。

登石柱峰

明·沈懋学②

独眺天都灏气分,琼箫明月集仙群。
天开石柱三千丈,坐俯溪山尽白云。

游黄山

明·陈宣③

黄岳崔嵬万仞峰,青天倒插紫芙蓉。
飞泉挂壁晴疑雨,古树含风夏亦冬。
鸟道际空稀马迹,石潭深处有苔封。
自从帝子乘龙去,千载何因一再逢。

---

① 沈颢(1586~1661),明末清初画家。一作灏,字朗倩,号石天,吴县(今江苏苏州)人。补博士弟子员。工诗文、书法。
② 沈懋学(1539~1582),字君典,宣城人。万历五年(1577)殿试第一,授翰林修撰。
③ 陈宣(1438~1509),字文德,号潜斋,平阳县慕贤东乡柘园(今浙江苍南)人。明成化进士。陈宣为官清正廉洁,是平阳历史上一位重要的文化名人。

登翠微

明·陈 宣

翠微古寺枕黄山，院宇萧萧水竹间。
锡影已虚迷法界，梵音由是到禅关。
一天花雨寒烟寂，万壑松声夜磬闲。
愧我空悲年鬓改，何因苇渡出尘寰。

布水峰

明·陈 恭①

谁将飞沫挂危峦？长使穷黎穿眼看。
我欲制成真帛练，年年被与此山寒。

送友游黄山

明·陈继儒②

十步一云，五步一松。松埋云上，云掩松中。
谁引子兮山有猿，谁乘子兮潭有龙。

送扈芷游黄山

明·陈继儒

送汝黄面师，去作黄山客。凡云如败絮，真云常五色。
松矮不盈丈，放干铺百尺。石隙多坎空，游者难进屐。
我亦将住游，拐杖粗有力。寄语雪衣猿，为予先布席。

---

① 陈恭，生卒年不详，曾任安徽太平县令。
② 陈继儒（1558~1639），明代文学家、书画家，字仲醇，号眉公、麋公，华亭（今上海松江）人。著有《妮古录》《陈眉公全集》《小窗幽记》。

赋得天都峰赠高徽州

明·欧大任①

黄山秀拔青冥中，天都之峰何穹窿。
高居特室群真集，玉佩珊珊度碧空。
嶙峋直上三千丈，星辰可蹑日可望。
风落钧天帝时前，瀑飞积雪神皋上。
名山雄镇胡为哉，明牧应求济世才。
华阴京兆徵恢出，石室成都待朕开。
济阳高君岂其胤，麟符作守新安郡。
五马纡临紫气遥，尺书召入甘泉近。
君不见容成氏浮丘公，行随绛节轩辕宫。
圣主明堂朝列辟，岂劳旌驭过崆峒。

天都卧石上云阴

明·罗汝芳②

叶叶清阴复万阿，不知何处落婆娑。
暂停龙杖天都上，云影光中卧大罗。

---

① 欧大任（1516~1595），字桢伯，号仑山，广东顺德陈村人。"南园后五子"之一。著有《欧虞部文集》《百越先贤志》《思玄堂集》《旅燕集》《浮淮集》《韶中集》《游梁集》等，后人汇刻为《欧虞部诗文全集》。

② 罗汝芳（1515~1588），字惟德，号近溪，学业者称为近溪先生，江西南城泗石溪（今南城天井源乡罗坊村）人。明中后期著名哲学家、教育家、文学家、诗人，泰州学派的代表人物，被誉为明末清初黄宗羲等启蒙思想家的先驱。

游天都

明·罗汝芳

天都峰外裊云和,欲扣天都路更多。
钧乐临风如我即,瑶台对月可谁过。
清泉百道长飞瀑,红树千章蠱卷阿。
独惧来游无辅助,漫敲白石答樵歌。

游黄山题汤院壁

明·罗洪先

其一

紫翠林中便赤足,白龙潭上看青山。
药炉丹井知何处?三十六峰烟月寒。

其二

何年白日骑鸾鹤,踏碎天都峰上云。
欲起轩辕问九鼎,道衣重侍玉虚君。

同鲍元则佘抡仲无隐登黄山

明·罗 逸[①]

补天余煨纷杂糅,色黔气紫质癯瘦。
竖者因为千仞峰,欹则为岩迭为岫。
为谁又费巧雕锼,纵有聪明莫悉究。
每招禽庆一探讨,眼正欢忻脚诅咒。
形神应接宜不闲,攀枯践朽忘颠覆。
一死仅能偿一游,死于床笫何其陋!
或言五岳漫称尊,若令相见当臣伏。

---

① 罗逸,字远游,呈坎人。工诗,著有《俶庵集》。

人生难得到蓬莱，未必奇与斯奇斗。
因而艾艾向人夸，人多大笑憎我谬。
觍面烦心倩笔摹，笔自跳浪心驰骤。
几欲挥成又失之，潜搜暗索不复觏。
天启其聪如柳州，此山一字亦难构。

陪罗郡侯游黄山

明·周　怡①

初冬风日喜清和，召伯巡行德意多。
露湛更添丰草润，云奇端护道輧过。
氤氲紫气腾幽谷，缥缈青山绕曲阿。
何意瘦筇随鹤驭，也来天际听棠歌。

芙蓉峰

明·周　怡

玉虚滴空翠，误认云中峰。
天孙斗纤巧，削出玉芙蓉。

同崔侍御游重兴寺

明·周　怿②

庵傍山边与水边，兴来清访胜如仙。
山间松菊涵风月，溪上鸢鱼剩雨烟。
千丈天都齐华岳，一川夕照样瑶泉。
忘归漫道荒成癖，得一闲时不等闲。

---

① 周怡，字顺之，号讷溪。嘉靖十七年（1538）登进士。著有《讷溪文集》。
② 周怿，明代太平人。

梦黄山梅花

明·郑善夫①

阳湖春动蕊珠宫，我梦黄山白鹤峰。

罗浮仙子娟娟下，笑整云裳风雪中。

莲花峰赠闵宾连

明·屈大均②

我昔入秦关，手攀太华峰。千峰为莲瓣，三峰为莲蓬。

三峰只一石，一石三芙蓉。纷纷莲花须，化作千万松。

白帝与明星，宫在千叶中。高高五千仞，仙掌擎当空。

自谓天下奇，群岳不能从。何意一黄山，莲花亦次宗。

一茎上矗天，千瓣开蒙蒙。从茎上至蕊，吹堕愁天风。

盘回穿岩窦，忽见轩辕宫。峰凡三十六，此峰太华同。

夫君几登陟，身染莲衣红。自作黄山经，神与山精通。

文章亦巨灵，开辟将何穷。

送汪扶晨奉吴山大师灵龛返葬黄山

明·屈大均

一

君家主政事真乘，日夕焚香礼孝陵。

一代遗臣金粟佛，三朝高士雪庵僧。

---

① 郑善夫（1485~1524），字继之，号少谷，又号少谷子、少谷山人等，闽县高湖乡（今福州郊区盖山镇高湖村）人。著有《郑少谷集》。

② 屈大均（1630~1696），字翁山、介子，号莱圃，广东番禺人。明末清初著名学者、诗人，与陈恭尹、梁佩兰并称"岭南三大家"，有"广东徐霞客"的美称。后人辑有《翁山诗外》《翁山文外》《翁山易外》《广东新语》及《皇明四朝成仁录》，合称"屈沱五书"。

二

沙门自古非高士,渔父鼷来是大夫。
汝爱吴山尊宿好,遗衣犹为作浮图。

三

谁能五日学三闾,蝉蜕人间返太虚。
喜尔曾为骚弟子,不令遗骨委江鱼。

四

千秋知己是湘累,一读《离骚》泪便垂。
禅寂未销亡国恨,愁心常被朔风吹。

五

精爽应随轩后去,云霄一路拾龙髯。
未应列在《高僧传》,公是郎官后孝廉。

六

轩辕宫阙在黄山,万丈丹梯尔重攀。
石匣故应收舍利,遗书还与散人间。

望天都峰

明·屈大均

缥缈丹台上,轩辕拥二仙。玉壶甘露泻,珠盖彩霞悬。
日月生黄海,笙歌满碧天。龙髯攀莫及,怅望泪潸然。

题铁桥翁黄山画册

明·屈大均

其一

天都峰似仙人掌,一见惊如太华峰。
掌上石楼无路上,巨灵曾此擘芙蓉。

题吴季六所画黄山松

明·屈大均

其一
奇绝黄山吴季六,画松不画直松看。
四松最是黄山怪,长使人来毛骨寒。

其二
三十六峰松尽眠,一峰峰有一松缠。
松枝不比松身短,十丈横飞渡水烟。

其三
株株穿石土膏无,瘦尽蛟龙石作肤。
画出已令山鬼泣,不须黄海作全图。

其四
撄石孥云尽偃松,一松飞去接前峰。
游人不觉石梁断,扶过溪南惊卧龙。

其五
熊罴多力不如君,曾向沙场作虎贲。
战败不愁无矢刃,奇松拔取扫千军。

其六
山木阴森古穴边,汝驱虓虎出飞泉。
画来三叠庐山似,更有虬松怒上天。

其七
松松费尽熊罴力,画取黄山万树来。
双腕可怜如此用,丹青深隐冠军才。

其八
龙颠虎倒在峰峰,尽是将军汉代松。
鳞甲不妨三寸厚,耐他冰雪过玄冬。

其九

看君身亦一长松，生长黄山石壁重。
放笔可能为直干，千寻撑起玉芙蓉。

其十

瘦尽徒劳石髓滋，时时看似一峰欹。
女萝乱挂无空处，画出应教山鬼疑。

石公种松歌

明·屈大均

石公好写黄山松，松与石合如胶漆。
松为石笋拂天来，石作松柯横水出。
泾西新得一山寺，移松远自黄山至。
髯猿一个似人长，荷锄种植如师意。
师本全州清净禅，湘山湘水别多年。
全州古松三百里，直接桂林不见天。
湘水北流与潇合，重华此地曾流连。
零陵之松更奇绝，师今可忆蛟龙颠。
我如女萝无断绝，处处与松相缠绵。
九疑松子日盈手，欲种未有白云田。
乞师为写潇湘川，我松置在二妃前。
我居漓南忆湘北，重瞳孤坟竹娹娟。
湘中之人喜师在，何不归扫苍梧烟。

画松

明·屈大均

似带黄山雪，苍苍五鬣姿。卧龙余尔在，化石亦吾师。
雨欲生鹅素，风先动兔丝。毕宏微渲染，神妙至今疑。

奉和黄山汤池留题遥寄之作

明·柳如是①

其一

素女千年供奉汤，拍浮浑似踏春阳。
可怜兰泽都无分，宋玉何繇赋薄装？

其二

浴罢汤泉粉汗香，还看被底浴鸳鸯。
黟山可似骊山好？白玉莲花解捧汤。

黄瓜岭②

明·姜绾③

王事催人东又西，黄瓜岭上白云低。
山田水落稻初熟，野店门关鸡自啼。
景入新秋犹觉热，行逢佳处漫留题。
旌阳明日清戎罢，又欲驰驱到绩溪。

由白龙潭上慈光寺

明·唐世靖④

千寻瀑布下云端，响雪亭宫六月寒。
听罢龙吟纵危步，慈光一路上巑岏。

---

① 柳如是（1618~1664），本名杨爱，号河东君，嘉兴（今属浙江）人。明末清初女诗人。
② 黄瓜岭，即黄华岭。
③ 姜绾（1452~1507），字玉卿，弋阳（今属江西）人。成化十四年（1478）进士。由景陵知县升南京御史，曾任河南按察使，因病归，卒于家。
④ 唐世靖，明朝人，生卒年不详。主要作品有《百步云梯》。

百步云梯

明·唐世靖

一线天高不可升，穿云深处有梯登。

猿惊难上回山木，鸟骇迟飞落野藤。

行客携筇常起伏，山僧着屐每凌兢。

后阶先幸奇松护，独立能遮最上层。

卧龙松

明·唐世靖

老干横披欹一壑，苍髯直上耸千峰。

破天风云惊难起，始信山中有卧龙。

过三折岭大觉寺

清·曹鼎望[1]

水落山之隙，人沿水之边。讵止经三折，百转步高巅。

曲径通神室，丹崖泻惠泉。风入幽篁里，清音接碧天。

我有山水癖，对景每留连。鞅掌作劳吏，幽兴亦徒然。

来往皖江路，此地两盘旋。息此观物化，天地何偏全。

---

[1] 曹鼎望（1618~1693），号澹斋，字冠五，中国古代的制墨家，与曹素功并称"南北曹"。

陪罗郡侯游天都

明·崔涯①

五马行春化日和，黄山开景白云多。
晓临石巘千峰合，时见空林一鸟过。
小鲁羡公安石履，近天多我考磐阿。
峰头十咏云璈协，九曲无劳数棹歌。

雪中同诣李柱峰宅独上醉翁峰饮

明·崔涯

石作楼台云作帷，林间歌起鸟惊飞。
野闲真趣谁能问，惟有青山是故知。

九日登文笔峰同周给谏

明·崔涯

扶杖追欢坐夕阳，老怀还借酒为狂。
万山空翠霞连鹫，一派寒声雁叫霜。
戏马荒台远景好，龙山破帽恋辰良。
踟蹰古意思何极，潦倒秋亭且共觞。

冬日集松谷庵

明·凌登名②

三潭次第列云端，遥映霜林枫树丹。
常日为霖滋大地，有时归海作惊湍。

---

① 崔涯，生卒年不详，字若济，号笔山，太平甘棠人。明朝官员，学术醇正，尊崇程朱理学。解职归里后，倡礼仪，振儒学，躬身力行，循教后学，筑室桐山，赋诗自娱。

② 凌登名，钱塘人，太平知府。

清分一酌诗脾润，静息诸缘瘦骨寒。

未必神仙不可接，且于石上共盘桓。

黄山杂咏（选四）

明·凌駉①

蒲团松

山灵到处奇，树亦无常理。五叶自西来，九年弃于此。

老树坐不穿，动风吹弗起。时吼作涛声，面壁心如水。

老人峰

有石饮得轩辕药，走向峰头作老人。

濑性不蒙萝薜诮，古风如晤葛怀民。

朝餐菡萏云间露，夕嚼桃花核里仁。

是石是人都是幻，莫教袍笏玷嶙峋。

美人峰

髻是岚兮线是烟，恰如飞燕号留仙。

望夫羞作胭脂虎，饮药甘为玉露蝉。

苔没香尘单舄冷，花沾薄袖舞衫鲜。

云来锁却延秋月，不与人间学许淫。

一线天

由文殊院复转小心坡，还过赵州庵，右行五六里，两石相倚，人行其中，望天如线。

人行小峡里，石破天开者。恍惚疑中宵，倒见银河泻。

忽然一缕光，长向云中见。此石不支机，谁绾天孙线？

---

① 凌駉，字龙翰，清代徽州歙县（今属安徽）人，崇祯十六年（1643）进士。

文殊院
明·凌駉

有院结苍岩，鸟道相招人。无风偏作寒，非雨亦能湿。
狮石爪若拏，象石鼻欲吸。两峰虚而受，一石中而立。
瑞笋孤竹来，珊瑚郁林集。许迈可学仙，庾承堪绝粒。
高哉如斯人，邈焉寡所及。

慈光寺梅花咏怀兼忆家叔龙翰
明·凌官球

其一
冻花开落懒樵书，老向慈光顶上居。
阁事大悲云不住，香闻离垢梦何如。
青天皓月盟穷岁，冷壑疏泉纵野癯。
进破寒山无漏智，千峰处处见文殊。

其二
自是人畸出处同，为怜幽独若为通。
才尊宝鼎彤云上，意在崆峒白雪中。
邮使路疑音信断，广平赋就蔓藤空。
冰花铁干元成偶，双笛高横立晓风。

辞黄山

明·黄道周[1]

就俘以来,义在必死。生平所历黄山、白岳、匡庐、九华、浮丘、龙首、穹窿、玄墓、洞庭、三茅、天目、径山、西陵、宛委、天台、雁宕、罗浮、怀玉一十八翁,要当一一谢之。生死千秋,未必再晤;风雷楮墨,载其精神,亦使山灵闻之,谓吾不薄也。

亦是吾家峰,神物不可谱。

顶髻在心眸,一一屈指数。

松谷看泉

明·黄汝亨

越涧悬岩兴转豪,空山落日五峰高。

青天何处来风雨,四月横飞八月涛。

游黄山

明·梅鼎祚[2]

中天三十六芙蓉,闻道轩皇此御龙。

温水尚传丹液结,真符犹遗白云封。

眉端春遍千岩翠,腋下风生万壑松。

莫问金茎双露掌,黄精石髓自堪供。

---

[1] 黄道周(1585~1646),明代福建漳浦人,字幼玄,一字螭若,又字细遵,门人称石斋先生。天启二年(1622)进士,授编修。著有《易象正义》《三易洞玑》《洪范明义》《石斋集》等。

[2] 梅鼎祚(1549~1615),字禹金、守德子,号汝南,别署无求居士、胜乐道人等。安徽省宣城人。一生著作颇丰,著有《皇霸文纪》《隋文集》《南齐文纪》《北齐文纪》《后周文纪》《释文纪》《古乐苑》等。

文殊院

明·蒋 超[1]

紫玉屏风敞佛筵，诸峰如笏上青天。
偶来山寺空无主，惊起白猿松际眠。

榖村[2]有述

明·蒋 忠[3]

我欲寻仙迹，村居趣转嘉。瓦盆盛腊酒，茅屋煮春茶。
翠滴松杉杪，清分蕨笋芽。相逢无别话，只有种桑麻。

登石笋矼

明·智 舷[4]

朝上石笋矼，峻削健吾杖。峰峰若飞来，击破海子浪。
或有犯人形，撒手悬崖上。上下皆虚空，不知几万丈。
化理不厌奇，濡毫讵能状？

登莲花峰

明·智 舷

两腋如生翼，莲峰不见危。一身长似揖，双膝每过颐。
玉立层层翠，花敷瓣瓣姿。若非亲至顶，未必信如斯。

---

① 蒋超（1624~1673），明末清初江南金坛人，字虎臣，号绥庵，又号华阳山人。幼喜禅理。顺治四年（1647）进士。著有《绥庵诗文集》《峨眉志余》。
② 榖村，今名郭村。
③ 蒋忠，明扬州府仪真人，徙句容，字主忠。有诗名，为"景泰十才子"之一。
④ 智舷，字苇如，号秋潭，明代浙江秀水金明寺僧，秀水梅溪（今浙江嘉兴）人。生卒年与俗姓均不详，大约公元1529年前后在世。能诗，时评甚佳。

三府会馆次王抚军韵

明·黎 凤①

黟山云净碧巉岏，上比登天下亦难。
世路共定平地走，功名直好外人看。
涧泉漱石云应冷，野鹤巢松梦亦安。
独有烦襟消不尽，濯缨聊自向清澜。

题画雪景送照师归黄山喝石居

明·程嘉燧②

莲花峰腰三丈雪，飞鸟无声人迹绝。
山僧冒寒晨出山，触踏层冰趼坼裂。
远来问疾刚一笑，寒缸结花如吐屑。
纸窗竹屋岁聿除，驹隙光阴催电掣。
故人游山恨不俱，愁我无缘上巀嶭。
八十衰翁老亡力，贾勇扳跻强得得。
前推后挽赖照师，攊肘牵裾抱腰襒。
穿岩渡壑扪确荦，十步回头五步息。
忽然坐我天门间，自怪凭空生羽翼。
此时日下千崖赤，相去牛鸣望喝石。
崖松龙拿互相引，林石人形如欲沫。
庵前矮垣齐及肩，道上清泉才没跖。
仰头天都五千仞，俯瞰莲沟十万尺。

---

① 黎凤，明正德年间人。
② 程嘉燧（1565~1643），字孟阳，号松圆、偈庵，又号松圆老人、松圆道人、偈庵居士、偈庵老人、偈庵道人，南直隶徽州府休宁县（今安徽休宁）人。明代书画家、诗人。工诗善画，通晓音律，与同里娄坚、唐时升并称"练川三老"。谢三宾合三人及李流芳诗文，刻为《嘉定四先生集》，有《浪淘集》。

瞳瞳檐松树羽盖，幂幂枫林排画壁。
廿年茅斋落梦境，方丈香厨共禅席。
床下地炉火长活，龛里灯明磬方寂。
八月山寒苦风雨，有客夜投同软语。
山芋煨来手自剥，秋芽焙出还亲煮。
老人拥衾日僵卧，小师《莲经》晨夕课。
开门忽报下方晴，喈喈空中灵鹊过。

祥符寺雪后望山

明·程　珊①

四顾漫漫雪满山，披裘策杖出禅关。
云深时见人踪绝，林瞑唯从鹤径还。
万树光连峰尽白，六华飞点鬓先斑。
眼空银海三千界，怅望仙居不可攀。

登黄山

明·程　孟②

秀出层穹翠欲颓，栖霞宿雾似蓬莱。
松摇阴壑生灵籁，泉喷深潭吼怒雷。
峰顶烟销丹灶冷，崖前风暖碧桃开。
五云深处群仙集，白鹤青鸾定往来。

---

① 程珊，明代饶州府浮梁县（今属江西）人。
② 程孟，字文实，号澹言，又号槐濒，歙县槐塘（今属安徽）人。著有《槐滨集》，编有《新安程氏诸谱会通》《世忠事实源流》等。

仙都峰

明·程 孟

阆风玄圃知何许，珠树琼枝果有无。
伫看黟山北峰上，五云深处有仙都。

游黄山

明·程 信[①]

黟山深处旧祥符，天下云林让一区。
千涧涌青围佛寺，诸峰环翠拱天都。
烹茶时汲香泉水，燃烛频吹炼药炉。
为问老僧年几许，仙人相见可曾无？

观汤泉白龙池小憩祥符寺（四首）

明·程敏政[②]

一

天教微雨净纤埃，重我登临一度来。
山姓尚随轩帝号，诗龛谁继谪仙才。
云扶缝节中天起，地拔青莲四面开。
鳌禁半生真浪迹，不知乡国是蓬莱。

二

四山迥合驾飞桥，似隔云间万里遥。
蜃气半天浮海市，龙雷平地起风潮。

[①] 程信（1417~1479），字彦实，号晴洲钓者，世称晴洲先生。南直隶徽州府休宁（今属安徽）人，直隶河间府沈阳中屯卫军籍。明代名臣，程敏政之父。

[②] 程敏政（1445~1499），明徽州府休宁（今属安徽）人，字克勤。程信子。成化二年（1466）进士。著有《新安文献志》《明文衡》《篁墩集》。

云中鹤叟春锄药，月下青童夜弄箫。
碌碌尘寰成底事，却将奇绝付渔樵。

三

怪石如屯虎豹关，仙家真与白云闲。
九州图迹夸谁胜，万古乾坤只此山。
丹臼半余香冉冉，汞泉分出水潺潺。
手摩苍藓看题刻，先正高风不可攀。

四

眼看奇绝口难名，变态分明似化成。
巨木几年经魏晋，片云随刻送阴晴。
林间忽见僧堂古，岭尽时逢石栈平。
山上雪飞山下雨，始惊身在半空行。

云门峰

明·谢肇淛①

寒流泱泱草蒙茸，翠壁丹梯千万重。
天外云门相对出，居人指是剪刀峰。

醉石

明·谢肇淛

危石拱天都，临溪卧绿芜。醒须微雨解，欹藉古藤扶。
苔壅时深浅，云生乍有无。夜来人散尽，萝月一峰孤。

---

① 谢肇淛（1567~1624），字在杭，福建长乐人，生于钱塘（今浙江杭州），号武林、小草斋主人，晚号山水劳人，明代博物学家、诗人。曾与徐火勃重刻淳熙《三山志》，所著《五杂俎》为明代一部有影响的博物学著作，《太姥山志》亦为其所撰。

白龙潭

明·谢肇淛

涧道层层湿翠微,绿苔红叶满秋衣。

云封古井丹何在,月照寒潭龙未归。

岩半水帘如雪落,风中石乳作花飞。

我来拾得金光草,欲向山灵买钓矶。

游青萝岩简同行汪陈二知己

明·谢 复[1]

不到青萝三十年,重临风景尚依然。

乳泉细滴晴檐雨,石室联开小洞天。

鸟道半通苔已没,铁崖中断树相连。

评诗耦坐忘归去,恨不移家共醉眠。

浮溪道中

明·鲍 颖[2]

春风陪杖履,百里过浮溪。尚忆曾游处,来寻旧日题。

断崖芳草合,幽树老猿啼。坐看山花落,诸峰暮霭迷。

书师山先生所题黄山崖石后

明·鲍 颖

苍崖百尺与云齐,征士重来为品题。

姓字一时通汉史,文章千载并浯溪。

---

[1] 谢复(1441~1505),明徽州府祁门人,字一阳。著有《西山类稿》。
[2] 鲍颖,洪武初荐入尚宾馆编修元史,累升翰林院修撰,同知制诰兼国史院修官,后受常达事牵连遭斩。

春深莫遣莓苔没，日暖应添紫翠迷。

犹忆匡庐当日事，短檠山雨五更鸡。

香炉峰雨望

明·潘之恒①

想象浮金鼎，虚无对紫霄。云移峰乍削，雾积气长飘。

神剑沉风雨，权灯照穴寥。黄山天外影，晴望不知遥。

宿丞相源旧馆

明·潘之恒

茅茨深处隐禅关，九迭龙潭万仞山。

二十四年峰顶月，清光偏照故人颜。

黄山遇雪

明·潘　照

踏雪黄山道，联吟客兴赊。青松生白发，枯树吐奇花。

僧寺炉无火，巡司庙作家。欲寻丹灶迹，回道暮云遮。

青鸾峰

明·佚　名

万仞立青凤，天工幻削成。

何年逢史玉？月满洞箫声。

---

① 潘之恒，字景升，明徽州府歙县人，寓南京。国子监生。工诗，能度曲，恣情山水。晚年家贫，落魄死。著有《涉江集》《鸾啸小品》《黄海》《新安山水志》《亘史》。

天都峰

明·佚 名

天都九百仞，秀夺金芙蓉。异香落泉谷，长引白云封。
人传仙会所，何日不相逢？跽问长生诀，金丹驻玉容。

容成

明·佚 名

仙客何年去？峰云日日生。
山川人自老，无处觅容成。

炼丹峰

明·佚 名

何年开混沌，辟此元化工。壁立干青霄，群峰相角雄。
炼丹八甲子，黄帝服升空。灶臼依然在，山花还自红。
谁人继芳躅？遗迹碧山中。

望仙峰

明·佚 名

霞衣映山岳，黄帝乘飞龙。
何年去天上？目断望仙峰。

仙人峰

明·佚 名

高峰入碧落，峭壁飞流泉。
上有两人石，相对如谈玄。

松林峰
明·佚 名

南国多松林，兹峰独神秀。天风撼翠涛，劲骨弄清瘦。
守此岁寒姿，敢谓冰雪厚。岂不怀栋梁，永养山中寿。

芙蓉峰
明·佚 名

寂寂淡无云，芙蓉插天碧。洞口瑶花开，谁是采芝客？
千古留孤踪，石上马行迹。

云际峰
明·佚 名

峰头一片云，出自藏云洞。
四海望甘霖，莫入襄王梦！

清

龙门顶

清·万　麟①

千岁松杉篆老梅，芙蓉双剑劈云开。
奔泉泻石低飞鸟，欲觅仙源何处来。

蒲团松

清·丁廷楗②

苍松三尺曲如盘，铁干横披半亩宽。
疑是浮丘趺坐处，至今留得一蒲团。

黄华岭道上

清·王云龙③

一肩摇曳仙源路，齿齿粼粼岭路长。
忽见平沙横雁鹜，恰当斜日下牛羊。
山阿几树枫初赤，篱落谁家柿半黄。
地僻气寒秋穑晚，苹风抗露正飘香。

过沈菪源春晖堂咏盆中黄山松

清·王又曾④

我屋漏鸡栅，毒暑尤难蹲。曷来此茗话，被涤眼耳根。
森森窗户凉，飒觉秋涛喷。突见苍须虬，蜷此黄沙盆。
寒心抖鳞甲，生气扶胜臀。劲干有屈伏，怒作柯条繁。
偃蹇终莫上，悠悠信乾坤。黄峰三十六，一一幽怪屯。

---

① 万麟，清代太平人。
② 丁廷楗，字骏公，山西安邑人。康熙进士，时任徽州知府。
③ 王云龙，字云从，泾县人，崇癸酉举人，顺治时隐居。
④ 王又曾（1706~1762），字受铭，号谷原，秀水（今浙江嘉兴）人。

有根韫苓珀，有枝攀猱猿。移来傍阶砌，郁纡轸朝昏。
火云矧燋炙，艰难道弥尊。君看五尺铁，寸寸霜雪痕。
主人剧珍爱，奚啻千玙璠。谓是大父手，得之故老孙。
白头数衰徂，兹叟岿独存。梅雨长新翠，苍然泼南轩。
绝倒贾胡髯，不类头陀髡。科头坐主客，毕景清吹喧。
邈然空岩底，咫尺雷雨翻。时有韦少府，便乞东绢砚。

哭松歌

清·王 炜[①]

数年前太平采樵人纵火焚山，蒲团松几为烈焰所毙。苍翠如故，山灵之幸也。因有此诗，以纪其事。天下奇观，愿住山人共保持之可耳。

黄山之峰如走铁，阴火潜烘有时裂。
孤松于此托萌芽，怒干虬枝总奇绝。
春风吹根土气微，更滋石髓迎朝晖。
百年走险势未尽，千载始得凌空飞。
烟鬟雾鬓矜巉绵，逼仄纷挈长苔藓。
二龙夭矫诡莫比，接引蒲团巧难阐。
其余尺寸皆可珍，踊距庋肘疑有神。
严霜不剪绿龟甲，好雨时洗苍龙鳞。
人间顽土岂能植，自逞天全依剚刅。
谁将一炬传林壑？山灵有口呼不得。
垂茑悬萝尽死灰，黛影岚光失颜色。
樵斧相逢不忍伤，使我吞声怨何极。
跛虎挛龙几处残，但余瘦骨留珊珊。
深姿还仗东皇起，来岁青青或尔看。

[①] 王炜，号不庵，清代安徽歙县人。从祖、父治理学，年二十，读《易》山中，有《易赘》之作。另有《葛巾子内外集》《鸿逸堂稿》。

光明顶

清·王　炜

不用干霄已擅场，乱峰无语但苍苍。

颓岚直接三山近，静练才牵一线长。

沉砀自招云外气，飘飒还度月中香。

折来若木齐黄棘，扶得群龙尽服箱。

喜雪庄大师自采石巢来游黄山

清·王　炜

淮海流中现一波，荷瓢肩笠任婆娑。

春山夜雨探薇蕨，秋水晴霞卧薜萝。

坐破蒲团无影驻，拖残椰榻绝痕过。

昨从采石谈黄岳，不负兹长共啸歌。

飞来石

清·王　炜

诡矣峰头石，翘然尚欲飞。跂停唯影伴，孤立与空依。

萝薜情皆险，云霞豢不肥。何当尘侣谢，高振六铢衣。

寄怀黄山汪子栗亭

清·王士祯[①]

清浅新安水，遥连四百滩。岩峣天子鄣，三十六峰寒。

绝壑云千顷，仙人药一丸。与君香谷住，何必更骖鸾！

---

① 王士祯（1634~1711），原名王士禛，字子真，一字贻上，号阮亭，又号渔洋山人，世称王渔洋。山东新城（今山东桓台县）人。清初诗人、文学家、诗词理论家。

黄山对雪

清·王国相①

黄山峰六六,面面青芙蓉。一夜经天绘,丰姿别样工。
或为隋宫女,粉黛三千从。或为商工皓,须发皤然翁。
苍松不可辨,夭矫成玉龙。洞口杳无迹,一片白云封。
岂是知微目,晶晶天都中?岂是六郎粉,灼灼莲花容?
弥天云母帐,匝地水晶栊。
怪哉!黄山一旦成白岳,三十六峰太素宫。

仙源道上望黄山

清·毛鸣岐②

六六峰头一望奇,群峰面面向城披。
舆图曾志新安旧,不到仙源总不知。

坐酌始信峰口占

清·方昭文

劝君酌大斗,莫说肴无有。奇峰秀可餐,罗列堪下酒。
峰头多石人,环立遥相瞩。我欲招之来,同醉杯中渌。

碧山远眺

清·方宗镇

寂寞秋容淡,凭空望转迷。
坡平四野阔,目断众峰齐。

---

① 王国相(1607~1699),字梅士,号莪怀,黄山歙县杞梓里人。
② 毛鸣岐,字文山,福建侯官人。著有《菜根堂全集》。

鳌鱼洞
清·方宗镇

山路行疑绝,悠然一罅通。崖悬云影外,径出石窠中。
峭壁泉飞涧,幽岑涧覆空。徘徊临洞口,谡谡想松风。

香雪海歌
*清·文静玉*①

黄山云海真奇绝,极目波涛任明灭。
参横月落翠羽啼,还向湖阴踏香雪。
是香是雪留春痕,非香非雪招春魂。
六浮阁外万横玉,暝烟疑入罗浮村。
斜阳海气澄,微风海波动。
珊瑚冷挂月轮寒,玉蕊冰花一齐冻。
香耶雪耶两不知,蛟背湘妃寒入梦。
忘机最好伴闲鸥,鹤渚芦田几度游。
一棹渔庄倚秋雪,愿从花海泛扁舟。

汤泉
*清·石　涛*②

游人若宿祥符寺,先去汤池一洗之。
百劫尘根都洗净,好登峰顶细吟诗。

---

① 文静玉(约活动于嘉庆年间),本姓高,改姓文,字湘霞,江苏苏州人,钱塘陈文述侧室,清代擅长诗画印的才女。

② 石涛(1642~1708),明末清初著名画家,俗姓朱,名若极,小字阿长,僧名元济,一作原济,别号石涛、大涤子、钝根、石道人、苦瓜和尚等。广西全州(今全县)人,明靖江王朱亨嘉之子。明亡之际出家为僧,与弘仁、髡残、朱耷合称"明末四僧"。

前海观莲花峰

清·石 涛

海风吹白练，百里涌青莲。壁立不知顶，崔嵬势接天。
云开峰堕地，岛阔树相连。坐久忘归去，萝衣上紫烟。

翠微寺（二首）

清·田 榕①

一

翠微高拥白云层，万仞丹梯经此升。
才觉上方多气象，不知下界有薰蒸。
过桥答语空中响，激石飞流树杪凝。
一勺曹溪识同味，麻衣何似岭南能。

二

碧萝天外翠芙蓉，记到黄山第几峰。
古木千章巢野鹤，清溪一曲度疏钟。
饮牛绝涧遥相羡，采药灵芩不易逢。
闻道翠微深洞口，仙家尚有白云封。

黄山吟送孙无言归山

清·叶燮

我闻黄山奇，传述侈盈耳。缘悭两芒屩，每饭怀耿尔。
昨岁吾友来，云有便帆指。击榜发钱江，酹酒客星涘。
陂陁历千峰，系舵屯溪市。仰睇苍苍间，怪状攫汉起。
横破半碧落，云是黄山矣。此地距山麓，尚一百廿里。

---

① 田榕（1687~1771），字端云，号南村，玉屏人。康熙辛卯（1711）举人，官内阁中书，改安陆知县。著有《碧山堂集》。

振筇踊跃行，束糒并襆被。同心四五人，推挽手相以。
目骇哑尔瞠，攀跻慄神鬼。始陟汤口泉，朱砂峰庵倚。
青鸾蹑仙掌，駜騄互角觭。渐升老人顶，只少罄欬唯。
是惟山之腰，豁见天都岂。环峰三百六，禹简莫能纪。
出险骄捷狖，梯空哂窜鼠。金刚肚可怪，阎王壁讵抵。
云栈纵千步，股战口徒哆。鬼工佐飞腾，直踏莲花蕊。
峰顶寻丈衺，始悟真宰伟。日月亦何心，似来授其履。
万状围金碧，众皱委如骳。扶舆不能忍，启秘肆谲诡。
峰峰献诸有，云海捧其趾。历历翔走呈，面面菡萏启。
我游十见旭，曾未抉其綮。入目不能言，所言非其里。
彼境变难穷，我心恼无已。衡嵩足未遍，奇观亦云止。
还问新安人，家山屐未齿。绝世称神物，往往少知己。
济胜无乃艰，大都肉食鄙。孙子产新安，壮岁穷海宇。
为爱广陵月，举杯未脱屣。忽忆天都峰，抚髀中夜起。
青鞋便朝发，一洗新安耻。诸公壮其事，赠言一何侈。
担簦携之归，此外皆尘滓。孙子归黄山，长揖谢诸子。

阻雨宿狮子林

清·弘　仁①

雨嫉群奇秘，浑如滞野荒。怡将茅屋稳，寒就地炉光。
讵是游情切，番为造物怃。悠悠无此阻，况味返寻常。

---

①　弘仁（1610~1663或1664），俗姓江，名韬，字六奇，出家后释名弘仁，号渐江学人，又号无智、梅花古衲，安徽歙县人。画家，与石涛、梅清同为"黄山画派"的代表人物。在安徽与查士标、孙逸、汪之瑞并称"海阳四家"，形成"新安派"。同时，与石涛、八大、髡残合称"四僧"。代表作有《仿倪瓒山水图》《幽亭秀木图》等。

黄山行

清·弘　仁

坐破苔衣第几重？梦中三十六芙蓉。
倾来墨沈堪持赠，恍惚难名是某峰。

白龙潭

清·弘　仁

龙门身未践，积石此称奇。磊折湍承远，砰訇钟在慈。
一楼当舞鬣，两袖溅嘘涕。何必求丹鼎，依栖可养颐。

宿掷钵禅院

清·弘　仁

肃袖入招提，峰头日偃西。寒暄承简约，茗饵正辋饥。
钵掷龙潜息，仪严梵奏齐。香林周竹柏，规度继云栖。

山口茶庵次韵江

清·弘　仁

暑当秋尚炽，一窟即云浆。磴上龛灯寂，霞标鸾岫翔。
刈劳歌日晡，负重叹途长。来往同兹度，浮生杳昧茫。

莲花庵

清·弘　仁

黄山影里是予栖，别后劳云固短扉。
客久恐招猿鹤怪，奚囊载得雪霜归。

始信峰

清·弘 仁

人言始信峰，到峰方始信。壁断以松援，壑深拟泉听。

何当携一瓢，托止万虑摈。雪霁月升时，于焉心可证。

山中看海棠花歌

清·朱 绂

昔闻昌州海棠无多树，香色娉娟杳难遇。

近时江东西府称绝伦，朱蕊如砂叶上吐。

两种由来天下稀，未睹黄山山中之花开遍仙都路。

山外春归百卉阑，山中四月春初度。

桃花如扇几曾看，杜鹃似血寻已暮。

惟有兹花种植繁，山前山后纷无数。

高绽层峰石圻间，低开绝壑沙明处。

密蕊横斜亚石门，柔丝细袅临飞布。

况值离离松石奇，一松一花巧回互。

不知何代仙人向此栽，百年几度风幡护。

我来游山亦偶然，山里留连花里住。

安得莲峰紫玉舡，尽载兹山花树去。

登天都峰歌题黄开运画像

清·刘大櫆[1]

山灵逃窜入青冥，截断尘世攀跻路。

畸士追逃如放豚，旁搜直到山穷处。

---

[1] 刘大櫆（1698~1779），字才甫，又字耕南，号海峰，安徽桐城人。为桐城派代表人物，被尊为"桐城三祖"之一。

黄山高为南服雄，其最高者天都峰。

自有此峰人迹绝，惟见青琼一片万古撑寒空。

何人望空振游屐，径上悬崖探险脊。

黄公亦是尘世人，那得身轻有羽翼。

山巅肃肃灵风生，耳底奔流银汉声。

脱离尘垢九万里，骖驾赤霞天上行。

乍见白云铺四野，云涛都在山腰下。

万叠遥山云际浮，微茫海上浮沤者。

问山何以名天都，乃是天上群仙游戏之寄庐。

中有石室宏且纡，相与博弈为欢娱。

君今日与群仙居，脚踏赤鲵顶，手执化人裾。

苍龙白虎左右卫，井钺参旗前后趋，扬讴鼓瑟吹笙竽。

可惜尘心犹未遭，君行胡不自此远。

隘于蜗角是人间，何事归来重黾勉。

叹息营营名与利，一朝富贵还颠沛。

泉石膏肓不可痊，优游庶得全其天。

秦皇最羡瀛洲岛，谁识天都有散仙。

望医闾山用黄仲则天都峰韵

清·刘大观[①]

寰宇纵游览，眼光千仞高。岭南及塞北，动与名山遭。

北镇如北斗，坐受群峰朝。突兀衔落日，俨然赤城标。

上峙盘古松，下涌扶桑涛。片石或飞去，麒麟拔一毛。

插于空阔间，孤撑亦足豪。乃得良贾意，深沉以晦韬。

有时匿不住，灵光灿斗杓。我持济胜具，前岁一游遨。

不敢露酸态，恐嗤糟粕糟。至今尚耿耿，愧奋时相交。

---

① 刘大观（1753~1834），字正孚，号松岚，山东临清州邱县（今属河北）人。乾嘉时期著名诗人，为高密诗派中坚人物。

偃鼠饮啼涔，威凤凌赤霄。俯仰入领会，茁为文字苗。
此山竟空过，何颜对子乔？所得非习语，肝肠剧煎熬。
勒石补蝌蚪，烟云正寂寥。

望翠微峰
清·江 注①

峰似当空立，尊雄俨不群。风松飘积翠，雷树带斜曛。
阴处闻埋雪，虚中触断云。何时乘鹤辔？长往坐氤氲。

黄山歌
清·汤 复②

老人今年七十七，家在黄山东之侧。
山距吾家百里余，梦寐常劳面未觌。
今年鼓勇扶筇往，彳亍危岑神惕惕。
步步跻攀绝援引，崖石刮耳壁摩鼻。
天生老骨不知疲，眼看松石足登陟。
堕崖坠壑都无畏，纵死兹山意亦得。

题罗山人聘为予写昔梦图十帧
清·孙星衍③

其四·采石同舟

采石有绝壁，大书"珠联璧合"四字。俗传是李白、崔宗之醉月处。岁丁酉，予与洪君（亮吉）客安徽学使幕中，登黄山、白岳，上天都峰，

---

① 江注，字允凝，安徽歙县人。渐江弟子，能诗画，隐于黄山。著有《虹庐画谈》。
② 汤复，明天启、清顺治间木版画刻工。
③ 孙星衍（1753~1818），字渊如，号伯渊、别署芳茂山人、微隐，阳湖（今属江苏）人，是清代著名的经学家、金石学家、目录学家、书法家。

熟游青山、白纻之间，酾酒太白楼前而返。
　　　　我游皖公山，直造天都峰。
　　　　万松偃盖石凿空，铺海千顷云溶溶。
　　　　琴高溪浅鱼可数，八公山空鹤唳苦。
　　　　就中秀异不可忘，白纻青山熟游处。
　　　　江光接天一叶舟，东山月出同拍浮。
　　　　竹君学士文章伯，想像高楼醉佳客。
　　　　洪生当杯感陈迹，我亦题诗临绝壁。
　　　　江山如此不逢人，酹酒大呼李太白。

黄山杂诗
清·孙　淦①

名山刻画总支离，万态千容到始知。
高已难窥终爱瘦，险多不测乃成奇。
云随变幻无常致，松不雷同总怪枝。
若结茅庵青翠处，真修何必让安期。

游板石潭
清·孙一经②

仄径缘崖去，开樽坐水边。平沙留鸟迹，古渡隔人烟。
莺啭阳春调，溪鸣太古弦。永和传胜事，同此暮春天。

---

① 孙淦（1640~1700），字静紫，一字担峰。河南辉县人，孙奇逢孙。
② 孙一经，清代太平（今属安徽）人。

文殊院

清·孙一经

清静无为地，幽栖羡老禅。石撑疑鹤立，松倒学龙眠。
洞邃微通路，岸深不见天。小心坡已过，目笑若飞仙。

由桃花潭到祥符寺

清·孙一经

客到清和月，桃花不可寻。溪通千涧曲，岭隔万山深。
紫石峰当户，丹砂水绕村。何年移一榻，朝夕此披襟。

文殊台玩月

清·孙良鉴①

夜色分松岛，秋光冷薜萝。攀云天正近，步月地无多。
寂静群氛绝，清虚众妙罗。山深围不住，飞影渡关河。

鲫鱼背

清·许全治②

无意吞舟归北海，何心借水跃昆明。
游人尽是批鳞客，竹杖芒鞋脊上行。

---

① 孙良鉴，字镜川，清末太平（今属安徽）人。曾中举，著有《晖吉山房诗》。
② 许全治，字历耕，号希舜氏，歙县（今属安徽）人。著有《黄山杂记诗草》。

雨后黄山

清·苏汝院①

黄山雨后极天净，独立苍茫望欲穿。

无数奇峰搓碧玉，白龙飞出下前川。

后海

清·李如藩②

始觉前游误，今来天际看。乱峰低万仞，深壑陡千盘。

屏气蹲方定，回头愕又观。蜃楼当昼见，内省发长叹。

担灯行

清·李　渔③

黄山崒嵂生奇人，程子穆倩才缤纷。

出言吐词近醇朴，挥毫落纸无纤尘。

末技尤能工篆刻，三寸精钢为不律。

信手能追仓颉文，秦人汉人皆避席。

片石只字称异赏，公卿折节求难得。

老年益懒名益高，问奇满户声嘈嘈。

避人日在良友宅，未明即出归中宵。

银青肩上无长物，一灯悬在奚囊侧。

百年三万六千场，不醉何曾有一日？

---

① 苏汝院，太平（今属安徽）人。
② 李如藩，太平（今属安徽）人。
③ 李渔（1611~1680），原名仙侣，字谪凡，号天徒，后改名渔，字笠鸿，号笠翁，别号觉世稗官、笠道人、随庵主人、湖上笠翁等。金华兰溪（今属浙江）人。素有才子之誉，世称"李十郎"。著有《闲情偶寄》《笠翁十种曲》《无声戏》《十二楼》《笠翁一家言》等。此外，他还批阅《三国志》，改定《金瓶梅》，倡编《芥子园画传》等。

刘伶拚死荷锸随，纵好犹非计之得。
从来醽醁出人间，求之黄泉无一滴。
如其果死埋道旁，道旁谁与奠壶觞？
酒是何物可与别，兴言及此增彷徨。
所以爱生不爱死，归途在在携灯光。
佳几作筇扶醉后，复令巘险成康庄。
有此二物可长醉，造物安能为尔祟？
鹤发童颜有自来，醇醪是药参芪蓍。
君醉但觉黄河清，我醒时闻沧海沸。
只今塞上饶烽烟，不止花村多犬吠。
醉乡即是真桃源，欲从老子分余地。
担簦改业从担灯，不饮终须践酒名。
我亦有儿堪作杖，弱难扶醉但扶醒。

莲花峰

清·吴梦印①

莲峰秀拔迥称尊，几欲高呼达帝阍。
举目江山如带砺，低头峦岫似儿孙。
风生绝巘应回雁，日落悬岩不度猿。
翠影岚光千万状，我虽能到未能言。

游仙灯洞

清·吴梦印

携筇曳屐到来赊，古洞幽深萝薜遮。
老树交阴山径滑，夕阳低映石门斜。

---

① 吴梦印，字粲如，西溪南村（今属安徽）人。

风生远壑传清籁，木脱空林散彩霞。
胜处未能频指点，峰前果实石径花。

黄山云海歌
清·吴应莲①

黄岳凌空数千仞，千岩万壑含精蕴。
有时喷薄结成云，弥山遍谷皆缤纷。
平铺峰顶滔天白，五更变幻长空色。
望中汹涌如惊涛，天风震撼大海潮。
有峰高出惊涛上，宛然舟楫随波漾。
山巅古木气萧疏，何似桅樯列画图。
风渐起兮浪渐涌，一望无涯心震恐。
山尖小露如垒石，高处如何同泽国。
斯为大地一奇观，狮子峰头最耐看。
云蒸山顶成沧海，云消山色依然在。
须臾旸谷辉乍腾，片时沧海忽消沉。
乱云漠漠归岩壑，山顶波涛不复作。
峰峰依旧插晴空，千年绝壁留仙踪。

徽城竹枝词（选二）
清·吴 熊②

浮丘亭北望黄山，百里烟云指顾间。
天际真人袂可挹，欲乘逸兴不思还。

山水新安不等闲，闲游白岳与黄山。
高眉飞布两天马，总在虚无缥缈间。

---

① 吴应莲，字藻湘，号映川，清代休宁（今属安徽）人。诸生。著有《淇竹山房集》。
② 吴熊，清乾隆时歙县（今属安徽）人，擅诗。

踏雪游山歌倒次阮亭老人銮江大雪歌韵

清·吴 熊

一笻一笠游黄山，贫士丛中本无两。
元冬雨雪正交加，豪情更足夸吾党。
天海况在万山巅，此景自然异平壤。
琼林瑶树相纵横，古柏奇松失苍莽。
酒人无酒气不衰，冲冻放歌偏慷慨。
羊肠鸟道杳莫寻，多少奇峰苦难上。
蜡屐行来无复声，绝无尘处成孤往。
师子林中下云谷，丹梯难可计寻丈。
冻云晴雪浑不分，泠泠但闻幽涧响。
空山此景奇绝伦，肯许凡夫妄标榜？
四五十里无人行，物外何斯得心赏。
痴趣于今更有谁？数须屈指劳仙掌。
清香苦茗对琴师，一拂冰弦对爽朗。
云海安得如前朝，铺向此间看泱漭。

西海门对落日还宿狮子峰庵

清·吴圣修

万峰排列海门西，幻状离奇顾盼迷。
晖落一丸红玛瑙，景沉千顷碧玻璃。
扪萝秋色盈丘壑，踏月清光满杖藜。
三宿方床狮子下，夜寒煨芋吃茎虀。

石鼓峰瞰赤线潭

清·吴菘[1]

雪后斜阳生迭嶂，饭罢还支赤藤杖。
巨石谽谺仄径斜，极汉摩霄还直上。
峰迥远见雪猿行，山静遥听天鸡唱。
中有一潭长不枯，传是当年老龙藏。
树密阴森洞府黑，隐隐轰雷电光亮。
闻是旱时祷甘霖，历蹬扳萝走丁壮。
铁落须臾龙怒飞，翻崖破石难为状。
云气迷离三海门，到处涛声生巨浪。
乍听灵奇骇见闻，极目海天还一望。

望后海

清·吴苑[2]

寻山兴难已，理策出烟寺。晴岚漾朝光，薄雾散空吹。
荒途没人径，一石一天地。环海千万峰，劫初作儿戏。
盼左兴难尽，睐右赏不置。坠岸千仞青，嵌空一天翠。
平生见名山，履险身忘悸。独此奇无穷，瞠目不敢视。

---

① 吴菘，诗人，字绮园，莘墟（今属安徽）人。以举人授中书。著有《白岳》《四明》《匡庐》《御览》《笺卉》等。《笺卉》将僧人雪庄所绘三十五种黄山奇花异卉逐一定名，并记载其色香和形态特征，被收入《四库全书总目》。

② 吴苑（1638~1700），安徽歙县人，字楞香，号鳞潭，晚号北黟山人。康熙二十一年（1682）进士。著有《北黟山人集》《大好山水录》。

游石门

清·吴　苑

黄山山擅奇，至奇尤在水。取经荒榛间，石门游伊始。
空翠落古潭，微云相属委。光影谈胸怀，一泓清渊渊。
石色备采绚，泉光亦复尔。云荒路弥细，绝壁半空峙。
澄怀乐孤往，领略凡数里。远空微有映，端倪无可指。
天地抑何私？异境偏钟此。余意欲诛茅，一榻依潭徙。
细探潭水奇，补入兹山史。

送洪去芜入黄山度岁

清·吴瞻泰[1]

怪尔冲寒入杳冥，一笻万里破空青。
雷奔石底晴看雨，人在空中夜摘星。
喜就温泉除宿垢，懒将仙荚问山灵。
鼎湖龙去留丹灶，元日朝参紫玉屏。

初入黄山

清·吴瞻泰

双岭峰平峙，登跻一杖劳。空青生晓日，寒翠落松涛。
鸟语移时换，滩声百里高。到来人境绝，吾意欲诛茅。

---

[1] 吴瞻泰（1657~1735），清初学者，字东岩，安徽歙县人，吴苑长子。举孝廉方正，工诗。著有《古今体诗》《杜诗提要》《陶诗汇注》等作品。

白龙潭

清·吴瞻泰

拾级登初地，惊涛洞口分。疑飞三峡雪，散作一溪云。
万籁翻俱寂，孤亭静有闻。真龙应出没，我自狎鸥群。

宿松谷庵听瀑

清·吴瞻泰

向晚投松谷，青苍夹洞门。沙流侵客屐，笋迸出云根。
冻雀千林静，飞涛万壑奔。一宵疑聚雨，起坐见朝暾。

自题莲花峰顶试泉图

清·吴瞻泰

万仞青莲上，梯云为试泉。谁将一勺水，引上九层天？
气带流霞色，香无下界烟。《茶经》曾品未，兴发自吾先。

登轩辕峰绝顶

清·吴瞻泰

轩辕一峰峰势殊，高四千仞凌天都。
晴空万里碧云远，宛如蓬海浮方壶。
石势险怪磴路黑，树上不敢留栖乌。
旭光日午淡襟袖，山气四月寒肌肤。
天风万壑度流响，珠帘直下光模糊。
山底潭深老龙卧，岩巅瀑落霜猿呼。
积藓过雨径愈翠，登陟轻便忘崎岖。
愿上层崖揖轩帝，自采云叶供丹炉。
青芝红术手可拾，伐毛洗髓非凡夫。

汤泉

清·吴之骒①

鼎湖上仙去，容谷留琼浆。万绿环清溪，一水别温凉。
地涌丹砂浪，泉烹石髓汤。故知神仙窟，大龙发其祥。
浴身兼浴德，粗秽除膏肓。洗耳临清风，晞发望朝阳。
山头有笙鹤，吾意与翱翔。

晚入药谷

清·吴雯清②

青鸾峰下步迟迟，如访幽居足已疲。
穿壑板桥惊欲坠，隔林茅屋望犹疑。
桃源旧径依津间，药谷孤楼傍石窥。
仅有残僧相对晚，寒潭清啸少人知。

宿文殊院

清·吴雯清

曲径寻幽上，穿云夕色妍。寒风吹石壁，落日照松烟。
客话围炉火，僧茶汲涧泉。一灯禅榻寂，高枕万峰巅。

---

① 吴之骒，安徽歙县人，字耳公，号达庵。康熙十一年（1672）举人。
② 吴雯清，安徽休宁人，初名元石，字方涟，号鱼山。顺治九年（1652）进士，官至御史。著有《雪啸轩集》。

黄山云海歌

清·吴锡麟①

黄山山顶三十六芙蓉，芙蓉削出波溶溶。

但见白波渺弥岩窦起，不闻窾坎镗鞳鸣洪钟。

匹练轻舒散复聚，瞬息回头失林坞。

渐涌悬崖百丈涛，苍茫一气涵天宇。

就中尤爱天都高，忽惊蜃气迷崷嵂。

卷舒瞹𬹼本无迹，嘘吸直欲浮鲸鳌。

轩辕容成不可遇，种松老讶龙鳞露。

愿跨长空博望槎，高歌南浦云流句。

天都峰

清·何 青

斧凿何年劈，巍然冠此山。更无峰比峻，岂有路能攀。

向背三州外，阴晴一息间。轩皇长不返，终古石苔斑。

题比部伯千波黄山采药图

清·汪由敦②

昨宵梦到天都峰，振衣直上青芙蓉。

俯视九有皆鸿蒙，白云万里荡我胸，

两袖似挟扶摇风。

朝来敬展写真卷，三十六峰犹在眼。

丹崖翠壑异人寰，索负长镵随大阮。

---

① 吴锡麟（1746~1818），字上麒，号竹泉，浙江嘉兴人。著有《自怡集》《岭南诗钞》。

② 汪由敦（1692~1758），原名汪良金，清朝的重要官员和文人。著有《松泉文集》二十卷、《松泉诗集》二十六卷。

年时曾读纪游篇，冲融突兀凌无前。
林峦一一开生面，刻划造化成天然。
孤撑卓立面戍削，森罗众皱堆空烟。
苍松千尺走绝壁，银河百道飞清泉。
图中所画才一角，未若诗句图其全。
雄才自得江山助，胜地雅藉传人传。
此图此山俱不朽，况复诗篇满人口。
我生欲到嗟无缘，且喜留题众贤后。
高斋咫尺有蓬壶，山灵入梦应非偶。
人生蜡屐须几两，致身福地穷欢赏。
轩辕遗台在乡曲，黄精苗深芝草长。
清时管葛不容闲，那许携筇谢尘鞅？
好卧元龙百尺楼，雨余近挹西山爽。

黄山径

清·汪知默[①]

但觉空中转，偏逢意外奇。粗看唯恐尽，到处总皆迷。
巧是闲余换，缘从熟后为。幽居先得此，山水活须眉。

始信峰

清·汪知默

直欲无天地，方能信此奇。高崖理不属，大壑事安知。
偿死何足计，了生未有期。一番惊悚后，绝悟正如斯。

[①] 汪知默，清代人。著有《笃行录》《理学归一》等。

冬夜宿五明寺读普门大师行迹感述

清·汪知默

淋漓血墨尚留痕，悚魄危看志士言。
一片坚心成实相，十番忍力度多门。
人中国老山河借，劫外空王日月尊。
可惜忠贞酬佛去，儒家淡泊不能存。

天都峰

清·汪知默

大荒漠漠开天地，独表群峦见一尊。
劫外古初中有恨，六经三藏总无言。
全栖灵气为巢窟，别立玄枢作户门。
恭默答山思帝赉，还从崆峒问轩辕。

题王存素画黄山云海障子

清·汪缙[1]

昔逢海客谈瀛洲，苍茫气象无能侔。
我欲向之问端倪，但指天际云悠悠，即云即海空外流。
今看好手弄狡狯，满纸淋漓吁可怪。
不知墨气并云气，唯见紫澜万叠声澎湃，即海即云壁上挂。
我闻黄山之云天下奇，仙灵变幻那得知。
欲往观之劳我思，异境恍惚移于斯。
一缕初生上遥汉，烟交雾集渐浩瀚。
云作奇峰峰作云，云峰片片相凌乱。

---

[1] 汪缙（1725~1792），字大绅，号爱庐，江苏吴县人。著有《汪子文录》《二录》《三录》《读书四十偈私记》《读易老私》等。

俄然南北东西合，浮天没地无边岸。

三千白月照难穷，九万长风吹不散。

神仙欲到辄引去，河伯无端望洋叹。

云邪海邪谁能判，咫尺相从游汗漫。

乃是三十六峰入臂腕，扫却一片锦绣段，非海非云任君看。

画理通化工，对之开心胸。

我将陋木华之《海赋》，隘屈子之《云中》。

契达观于漆园，等妙谛于大雄。

天地溟悻，古今混同。

何有乎日月之循环，宇宙之始终。

而况人世之得失穷通，一一归虚空。

精灵忽与丹青聚，置身已在天都峰。

囊括千朵万朵之芙蓉，割取千间万间之琳宫，踏倒千年万年之长松。

誓从王夫子，游戏入无穷。

黄海

清·汪　灏[1]

蓬水几回干，桑田几番改。

谁信天地间，竟有山头海。

何山得比黄山好

清·汪灏

昆仑地脉趋江东，黄山万叠撑苍穹。

匠心盘古辟灵囿，谁何占作轩辕宫？

轩辕宫阙云缥缈，松松石石人间少。

容成善种木莲花，浮丘能调山乐鸟。

---

[1] 汪灏，清诗人，字文漪，山东临清人。康熙二十四年（1685）进士，改庶吉士，授编修，历官侍读、内阁学士、礼部侍郎、河南巡抚。

东南忽忽开瀛洲，喝云成海万千秋。
填石惊传溟渤涸，移山排倒日星流。
吁嗟乎！吾侪餐芝骑白鹿，天门曾执朝天玉。
不知何故逃丹霄，堕来同在黄山麓。
黄山黄山兮三十六峰尔莫猜，我尔旧识今重来。
此生百年三万六千日，一日持游一百回。
浸假而化我为山上石，我将独立鳌峰脊。
摩弄星辰驱霹雳，蠓蠛九州芥万国。
真灵一点不能贼，年年岁岁与尔同无极。
浸假而化我为石上松，我将低视万层峰。
樵斤桂斧无路通，顺风呼起潭上潭下龙。
垂首一吸沧海空，霖雨九州歌年丰。
浸假而化我为松上云，我将邀我云中轩辕君。
君宿炼丹台，我侍光明顶。
敕我浴汤泉，随君饮丹井。
我拜莲花心，君骑天都颈。
话尽洪荒前代景，告成龙虎丹砂鼎。
大笑容成与浮丘，醉天梦梦从今醒。
呜呼黄山兮勿复道，何山得比黄山好？

与弟归始信峰草堂作（八首选三）

清·汪洪度

一

盘盘万仞山，云外峰嶙峋。攀援去路尽，孤松半空横。
因松以为梁，麋鹿来引人。长啸最高顶，四顾廓无垠。
我性喜峻极，魂梦托孤清。选胜得奇峰，倘徉终吾生。

二

龙门百尺桐，泰山孤生竹。刈取岳渎材，峰头结茅屋。
虽未出人境，幸已远尘俗。长眉一老僧，念我苦幽独。
时把青莲花，松间来共宿。

五

兄餐沆瀣气，弟着薛萝裳。衣食不干人，晞发鸿蒙乡。
飞泉几千丈，夭矫悬崇冈。曲折乱分散，古涧流汤汤。
涧上多菖蒲，九节郁青苍。花开尽紫色，采采当朝阳。

由云谷上白砂矼遂登云舫

清·汪　辉

披蓁陟层巅，雕镂绝人世。山骨结蜃楼，想象皆有势。
石棱成海市，排空非意计。太息谁经营，布就何年岁？
想当混沌初，天不爱奇秘。或然面壁僧，头童秃其髻。
散发为真仙，色幞俨朝士。鹦鹉立欲翔，狮猿跳而噬。
当顶石婴峰，万古犹孩稚。羽鳞都刻画，旌幢亦略备。
乃知造物奇，空山恣游戏。举似云舫师，此地真拔萃。

西海门

清·汪天与①

鸟道直穿云，不暇盘旋上。有时膝代足，手扪那容杖。
目眩怯回头，坐稳时一放。精神犹惚恍，心胸为涤荡。
力竭到峰巅，平衍神忽王。亟趋西海门，路转光明藏。
千峰划然开，紫翠呈万状。夕阳在东麓，倒射芙蓉嶂。
谁为问巨灵，仙窟何年创？石床置碧霄，玉屏列丹嶂。
云峦一万重，三神山在望。何须蹑仙踪，且快兹游壮。

---

① 汪天与，字苍孚，号畏斋，歙县人。历官刑部郎中。著有《沐青楼集》。

耕云峰

清·汪树琪

谁驱黄犊逐云行？片片芙蓉种欲成。

布谷春风吹不到，故叫山乐代催耕。

天海遇雨过石鼓庵

清·汪士铉①

朝暾照峰际，探讨殊从容。俄瞬旭光淡，霏薇隐芙蓉。
雷声卷大壑，雨在岩底峰。遥望莲岫云，已接天都松。
陟巅叩兰若，顿觉飞雾浓。犹闻侪侣声，烟中南扶筇。
庵声饷客勤，为作伊蒲供。饭罢错昏昼，星星待夜钟。

晚过云谷

清·汪士铉

领略秋光付短筇，遥寻孤寺一声钟。

每于绝径开幽径，时见奇峰出乱峰。

鸾鹤半随云脚过，猿猱多向石心逢。

攀跻莫怅游踪晚，寂寂斜阳下万松。

玉屏峰

清·汪士铉

玉屏峙霄汉，鸟道度松门。昨日登临处，诸峰屐底存。

云生甘在下，嶂出尔何尊。极目无穷尽，空青抹一痕。

---

① 汪士铉（1658~1723），字文升，号退谷，又号秋泉居士，长洲（今江苏苏州）人。清代书法家、藏书家。汪琬从子。康熙三十六年（1697）会元，官中允。书法与姜西溟（宸英）称"姜汪"。

黄山竹枝词

清·汪宗沂[①]

还魂草

悬崖仙草惯经冬，陈久犹滋翠色浓。
浪说返魂能九转，山人不识万年松。

香炉峰

清·汪 楫[②]

奇峰直拔地，一树正当门。天近无栖鸟，藤枯有挂猿。
白云浮暮霭，紫气拥朝暾。铁屋何年构？风雷万古存。

登莲花峰

清·汪 焯

莲峰高万仞，峭壁攒天列。路穿石罅中，窈曲历千折。
怪松多如毛，倒挂根盘铁。仰面睇同游，眉端恣蹩躠。
扪萝迷行迹，七洞秘灵穴。巨石半凌空，势若覆釜凸。
手足此兼施，腹与石相戛。度石蹋危梯，荡摇云影啮。
峰顶香沙池，晶晶积冰屑。摩天踞其巅，双眸滪开豁。
如带瞰长江，楚吴纷蚁垤。咫尺帝座通，真可揖而谒。
长啸更何之，乘风弄明月。

[①] 汪宗沂（1837~1906），字仲伊，一字咏村，号韬庐，安徽歙县西溪人。著有《弢庐诗》二卷、《旋宫四十九谱》一卷、《金元十五调南北曲谱》一卷等。

[②] 汪楫（1626~1699），字舟次，号悔斋，原籍安徽休宁，长于江都（今江苏扬州），清初诗人。康熙十八年（1679）举博学鸿儒，授翰林院检讨，入馆修《明史》。

秋日玉依禹裁叔季有黄山之游口占小诗以壮之

清·汪 薇①

忆昔山中迷雾雨，怅恨佳游老难补。

以此定知英妙游，千峰万峰开清秋。

蹑险升高恣搜讨，山灵爱少不爱老。

吾闻山后之奇胜山前，愿勿迟回遗悔在他年。

天平矼入师子林

清·汪徵远②

深松寒白石，僻路到人稀。仰见高峰顶，孤僧采药归。

云多从杖起，鸟不上山飞。薄暮一声磬，猿公来款扉。

上莲花庵

清·汪徵远

秋山仲梵寂，萝径上崔嵬。意想不到处，峰峦忽尽开。

石床平落叶，古壁满荒苔。更羡孤云逸，松巅自往来。

登莲花峰

清·汪律本③

莲花峰上产香砂，砂是莲心石是花。

眼望浮云欲成海，采莲正好泛仙槎。

---

① 汪薇（1645~1717），字思白，号棣园、溪翁，清代歙县岩寺镇双溪（今属安徽）人。著有《堪舆悯俗》《看香草诗》《诗论》《经根无》等。

② 汪徵远，字扶晨，清代江南徽州人。

③ 汪律本（1867~1930），字鞠卣，号旧游，安徽歙县人。

鳌鱼峰

清·沈宗敬[①]

黄海山如海，神奇靡不收。虬松能破壁，灵石欲吞舟。
无意抟鹏翮，容谁下钓钩？云涛时起伏，任尔自昂头。

宿茅篷

清·沈德潜[②]

抱影山斋宿，虚岩断众纷。峰高迟上月，阁敞淡栖云。
鹳鹤息还警，风泉静更闻。禅宗话桑梓，儒墨亦同群。

登狮子峰望石笋矼

清·沈德潜

奇岩樽象形，雄踞高隐嶙。发兴登其巅，余勇贾未罄。
后顾气混芒，前瞻境虚牝。到眼惊喜并，荒幻见石笋。
刺天赞千戟，进地出万菌。破碎互相糅，逼窄递徐引。
睹此灵奇质，众类觉窘蠢。物象随人名，俚俗半堪哂。
鬼工险莫加，天匠巧欲尽。而胡六六峰，转使嘉名隐。
迹高人莫知，箕颍乐肥遁。维时罡风来，壑谷吼声殷。
惬心愿少延，仡足防未稳。下阪屡回瞩，抗手情岂忍。

---

① 沈宗敬（1669~1735），《清朝画徵录》作雍正三年（1725）卒，字恪庭、南季，号狮峰、狮峰道人、双鹤老人、双杏草堂主人、卧虚山人等，华亭（今属上海）人，沈荃之子。

② 沈德潜（1673~1769），字确（què）士，号归愚，苏州府长洲（今属江苏）人。清代大臣、诗人、学者。编选《古诗源》《唐诗别裁集》《明诗别裁集》《国朝诗别裁》等。

述 兴

清·沈德潜

老去翻然赋壮游，钱唐风物漫勾留。
一千里外烟霞客，三百滩边舴艋舟。
流水桃花随所遇，青鸾绛节岂难求。
此行期与容成晤，直到天都峰顶头。

发慈光一路经老人峰缘天都峰趾过断凡桥上木梯至文殊院宿

清·沈德潜

欲穷升仙境，言别金仙宅。取径傍崄巇，穿松入蒙密。
盘盘路忽高，十步三憩息。岩深谷虚牝，涧泻泉喷激。
经过老人峰，伛偻似迎客。峨峨陟横云，境界顿开辟。
沿缘天都趾，仰睇莲花菂。崖裂容一人，磴仄碍双屐。
扶掖凭山僧，踧蛮势难只。尻高首偏下，穿洞行匍匐。
入井复出井，牵绠用全力。支木接断桥，梯空上危壁。
到顶地平坦，旧缔化人域。千峰总围抱，一气周幂羃。
造化理所无，到者人方识。辛苦苟未经，奇快何由得。
弥勒许同龛，留此桑下迹。

天都峰

清·沈德潜

黄山天下奇，天都峰之特。绝地九百仞，陡下如斧劈。
势疑塞高空，体许镇地脉。四面总换形，不改性正直。
无心拔众上，众自莫敢敌。通体断寸肤，万石怒分坼。
虬枝蟠千年，苍藓积五色。石室开旷朗，甘泉流罅隙。
或云仙人都，轩辕此游息。浮丘与容成，飞行无留迹。
斯理果不诬，长生归有德。胡为学仙人，空闻炼金石。

四面松为王生冈龄赋

清·沈德潜

前年游黄海，直造天都峰。

峰巅怪松裂石罅，树树屈曲蟠蛟龙。

欲劚一枝不可得，翘首怅望烟云中。

今来枫江忽相见，王氏园中挺孤干。

青铜古铁质比坚，阅历年华了无算。

纵横正侧枝盘拿，鳞鬣之而总奇观。

初疑偃盖张瓷盆，谛视折旋几回变。

行人到此目屡移，诧叹奇松宜四面。

根荄藏石中，岁久渐成石。

对待判死生，浑合混形迹。

是松是石难强名，造化神通那能识？

主人无事来闲亭，点笔欲貌蚴蟉形。

宛然相对天都最高顶，如遇浮丘跨鹤来空冥。

灵心幻入虚无际，写出虬枝面面青。

黄山松歌

清·沈德潜

古盎俗见盘虬龙，鳞甲剥落苍苔封。

蟉枝偃伏三尺许，岂是峨眉顶上万年不长孤生松。

问松托根来何从，乃在黄山六六之奇峰。

黄山山高接霄汉，古松连蜷挂岩畔。

怒裂石罅断土膏，日月光华润枝干。

工人善锤凿，长絙系其躯。

下缒俯绝涧，万丈悬空虚。

磊砢山骨巧斫破，一卷怪石连根株。

远从洞府最深处，千里移置幽人庐。

空堂时有烟霭起，天都云气仿佛来庭隅。

我对黄山松，想象黄山巅。

浮丘与容成，云际时往还。

安得身骑白鹿苍崖间，松肪食罢体轻举，抗手群峰迎列仙。

寄韩其武

清·沈德潜

其二

君昔葺池亭，小山艺花药。喜客赋新诗，邀我共觞酌。
既登舞绿堂，亦上添筹阁。拈题表诒厥，分韵取盉各。
总为老亲寿，写此天伦乐。一别忽四年，往事忆如昨。
飞梦到吴城，羁身在京洛。行当返丘樊，为君践前诺。
请问黄山松，松花几开落？

登莲华峰

清·沈德潜

天公弄狡狯，产兹石芙蓉。外瓣叠攒簇，中窾环玲珑。
始进本旷如，渐高体难容。缘茎上千级，穿孔攀百重。
梁危俯悬流，梯接凌虚空。屈伸抱崖石，绝壁难支筇。
四体失所司，目眩心忡忡。力尽到巅顶，四顾风云通。
左右指江海，一气冥濛中。始知黟山峰，华岳争长雄。
岂惟藕如船，笑问昌黎翁。

题翁朗夫三十三山草堂图

清·沈德潜

君家本黔山，三十有六峰，

一从来暨阳，卜此半亩宫。

香山蓉水间，树屋聊称佣。

萍蓬忽漫游九宇，文翰翩翩推阮瑀。

常将忠信涉波涛，岂独声华合宾主。

纷纶大论出小心，哂彼登床傲严武。

老来结念在故园，某树某丘钓游所。

白云蓊翳仍还山，三十三山天所予。

石阑斗语鸭，青陇鞭耕牛，鹅鼻渚畔拿轻舟。

春申事业竟安在，惟余一群狐兔眠荒丘。

有时兴高寄托逍遥游，等观鲲鹏与蜩鸠，世间万物能齐不？

三十三山入图绘，白石清流尘堁外。

何如并画六六峰，两地云松各相待。

登光明顶放歌

清·沈德潜

陟万仞兮层巅，忽空明兮景无边。

千峰万岭兮俱在下，天都莲华只许齐其肩。

我遗世兮陋蚁壤，坐平台兮睇莽苍。

俯一气兮无垠，收万象于盈掌。

揽全歙兮玲珑，跨宛陵兮西东。

池阳兮堆阜之形似，庐江兮衣带之混濛。

指匡山于天末兮，疑有五老隐见于云中。

呜呼，人生恩浊兮苦羁束，百年一瞬兮如短烛。

浮云变幻兮忽有无，安得日扰扰兮随蛮触。

何如扫除一切兮心与天游，升高望远兮身世俱浮。

置身黟山之绝顶兮，便如凤麟海外之神洲。

于时青鸾兮迎客，白凤兮翔留。

似闻浮丘阮仙向我笑，谓我三千年前居此为同俦。

何当载美酒兮清夜，坐明月兮中秋。

此山此月兮足千古，讵必更寻玉京深处开琼楼。

莲花洞

清·宋荦①

嵯峨莲花峰，中有莲花洞。扑人蝙蝠飞，沾袂烟岚重。

斜阳倚洞门，清啸山猿共。

黄山松石歌寄金仁叔将军兼索子湘和

清·宋荦

黄山松石天下无，好事往往绘作图。

千岩万树不到眼，刻意摹写徒区区。

茸城将军胸次别，远道移取来崎岖。

石一拳耳俨千仞，松不满尺盘两株。

盛以巨盎置铃阁，珍比七尺红珊瑚。

今年移镇向闽海，临行辍赠及老夫。

鸭嘴船载入廨舍，宾客咋舌儿童呼。

吟窝得此良不俗，大笑今我官岂粗！

南荣相对坐竟日，看山读画同欢娱。

石也以松为毛发，松亦以石为肌肤。

芙蓉一片忽堕地，陵峦宛转秀色殊！

扰龙双干双麈尾，干霄之势当前俱。

---

① 宋荦（1634~1713），字牧仲，号漫堂、西陂、绵津山人，晚号西陂老人、西陂放鸭翁。归德府（今河南商丘）人。清代诗人、画家。"后雪苑六子"之一。

晋卿倘见定豪夺，柴桑或抚还惊吁。
丛桂疏梅助清致，何烦命驾穷天都。
将军雅意应有报，几回欲赋还踟蹰。
今晨鼓兴了此债，属和火急催髯苏。

秋日示介维

清·宋荦

其二

天都峰势迥屏颜，摹写输君倚杖闲。
今夜老夫有清梦，暂抛庐阜向黄山。

棋石峰

清·宋定业[①]

人世围场遍九州，千年狠石睹孙刘。
只看峰顶棋枰在，烂尽樵柯局未收。

对仙乐峰月下清歌

清·宋定业

见说峰头奏管弦，昔年广乐记神仙。
笙歌云舫今相应，也占名山一洞天。

---

① 宋定业，字义存，号静溪。清长洲（今江苏苏州）人，占籍崇明（今属上海）。宋宓三子，叔父宋德宏。岁贡。历仕刑部郎中，康熙三十八年（1699）任浙江绍兴知府，四十一年（1702）离任。

题韩芸舫中丞龙湫宴坐图

清·宋其沅①

万绿参天下无路，高山深谷相盘互。
云端百丈泻飞涛，雪浪滔滔喷湿雾。
树根石畔坐者谁，飘然具有神仙姿。
独对澄潭空念虑，相看岚翠上须眉。
旁人谓公真静者，公言此是偶然也。
绣谷当初莅越瓯，井蛙水面正嘘沤。
频岁乘风飞战舰，几回破浪得安流。
兵销复遇哀鸿集，朝暮嗷嗷待绥辑。
驰驱无复片时间，纵遇名山何暇入。
雁宕龙湫山水清，适逢其会一来行。
小憩略谙泉石趣，始惊奇绝冠平生。
我闻此言叹且敬，知公勤务由天性。
皖藩开府黔中迎，滇海重移闽海庆。
黄山云海洞飞云，点苍山雪白纷纷。
九曲争传武夷胜，公皆置之如不闻。
独为龙湫作图画，兴之所寄成佳话。
即今新赋归来辞，政之所被系人思。
可知宴坐真偶尔，谢公游屐空耽奇。
先忧后乐希文志，以劳得逸逸斯遂。
吾谁与归望斯人，展卷超然悟公意。
白云遮断树傍山，云自流空山自闲。
纵然寄迹烟霞外，心在觚棱魏阙间。

---

① 宋其沅（1780~1840），字湘帆，号玉溪，一号芷洲，山西汾阳人，清朝政治人物、诗人。

黄海杂兴

清·余　鸿

松怪怪在生壁缝，石奇奇在压峰巅。
无云不自山根起，有水都从巘顶悬。
幽壑灵区看未遍，又闻仙乐下中天。

僧鞋菊

清·余　鸿

达摩乘兴渡江来，贪看仙都曰几回。
只履未携西土去，化为丛菊满山开。

鹅群花

清·余　鸿

羞逐凫鸥泛绿波，临风立羽影婆娑。
当年若令羲之见，不换山阴道士鹅。

如意花

清·余　鸿

除却神仙如意难，仙葩一见一生欢。
荷锄采得筠笼满，植遍阶前日日看。

紫霞杯

清·余　鸿

群芳谱有无花果，无叶有花谱所无。
云舫图来人不信，我今索骥竟如图。

碧萼玉茎簇异花，文殊台畔自横斜。

如杯乍见疑谁失，几欲拾来醉紫霞。

上升峰
清·余　鸿

俗传阮仙翁于此上升，故名。或曰峰常为云拥，浮沉无定，势若上举，故名"上升"。

名既曰上升，何在空山里？实不称其名，没世人所耻。

古今人世间，芳名何满纸？一为核其实，亦如斯而已。

丞相观棋
清·余　鸿

职调金鼎理阴阳，何为负手白云乡？

岂甘山中称宰相，不登殿陛侍君王？

多缘伴食羞怀慎，或恐不学鉴霍光？

况是治安与战争，浑如山中棋一枰。

攻守防拒术俱具，因来壁上如观兵。

学得神仙妙绝着，安边定国际升平。

海门观日
清·余　鸿

彩云绚烂涌朝暾，捧出红轮到海门。

乍起乍沉光煜烁，九龙误作火珠吞。

紫云峰
清·余　鸿

云怪似峰奇，峰奇若云绚。云赖峰棋止，峰恃云变幻。

峰云相依倚，恋恋复眷眷。宛如胶漆投，莫逆朋友善。

须臾忽翻复，掀荡若争战。真似世俗交，反眼不识面。
嗟嗟友道薄，管鲍令人羡。

小心坡
清·余 鸿

鱼背崎岖无奈何，小心缓步度高坡。
语儿山路休嫌险，世路须知险更多。

仙掌峰
清·余 鸿

奇峰缥缈云亭亭，仙掌生成插窅冥。
羞向汉宫承玉露，高插天际数天星。

炼丹峰
清·余 鸿

嶙峋突兀欲齐天，第一峰居第一仙。
九转丹成黄海冷，一声猿啸白云巅。

蟠龙丈人歌和云汀制府
清·张 井[①]

我闻拓格之松日月所出入，直与元气通呼吸。
亘古独立大荒中，世人何曾见针粒。
又闻负郏岩前松，龙鳞半空夭矫如有神。
云幢星盖俨侍从，仙灵荒忽难具陈。
何如东海大松近郊甸，撑空卧波人共见。

---

① 张井（1776~1835），字仪九，号芥航，又号畏堂、二竹斋，陕西人。清朝政治人物、水利学家。

劫灰兵燹几推排，此松龙颜终不变。
我未见此松，诵诗复披图。
倏觉寒风谡谡生座隅，奇姿谲態不可以思议，
纵有妙手难描摹。
松身拳曲才五尺，平分两干各奇绝。
一干横走学长虹，势欲东窥尾闾泄。
舒肱探爪似与骊龙争，瘦骨枯缠万年铁。
忽然夸多斗靡怒发千万枝，盘郁玲珑互纠结。
其一下趋欹上拟，亦分两株逞恢诡。
斗屈右臂如弯弓，如柳三眠更三起。
又如常山之蛇击其中，首尾回环相角犄。
一松幻就百龙身，游戏神通乃至此。
吁嗟乎，此松之奇天下无。
大如山河分两戒，细者须鬣璎珞珠。
蜿蜒诘曲无相不具足，怖伏鲸犰奔天吴。
赠之蟠龙名，奉以丈人号，风过掀髯应一笑。
借问丈人年，依稀记在商周前。
应是当年大禹治水驱龙走，一龙偃蹇不肯受。
作使风雨直到海东头，蜕形化作支离叟。
宇内艳说黄山松，最奇一株称卧龙。
田盘山中多偃盖，每邀龙辇夸遭逢。
此皆苍古世无比，莫与丈人论甲子。
洞庭龙威尚恐肩随，穆隆秦封云礽耳。
噫吁嘻，古称寿考多不材，似尔变化何雄哉。
苍生霖雨有人在，偶贪高卧非衰隤。
君不见海滨昨夜风雷厉，丈人又作拿云势。

题梅渊公画册三首
清·张英[①]

其三

笔端何处著纤尘，绝壑幽岩足鬼神。

贻我黄山松百尺，只今常忆敬亭人。

题王石谷画黄砚芝黄山采芝图
清·张 英

江南山水窟，奇峭天都峰。万岭落云海，雪浪铺长松。

怪石翳阴岩，攫人如虬龙。闻有丹砂泉，波暖春溶溶。

云际挂飞瀑，寒潭时自春。吾友性耽奇，登蹑资一筇。

猥以鸾鹤姿，狎此猿鸟踪。披图赏不已，涤我尘壒胸。

岭岫本吾土，宵隔关河重。吾与石谷子，魂梦时过从。

黄山松歌
清·张 娄[②]

我闻黄山有云海，弥漫颎洞天下奇。

中有老松寿千岁，纷拿爪鬣扬之而。

云开每露松影出，风涛勃郁排嶔巇。

高顶盘空跳苍鼠，低枝覆土垂修蛇。

闻之轩辕曾驻此，鸾骖鹤驭云中随。

一朝饵丹拔宅去，遗薪往往成虬枝。

旧事荒唐不可考，仙根自有神灵司。

---

① 张英（1637~1708），字敦复，又字梦敦，号乐圃、圃翁、倦圃翁，安徽桐城人。清代文学家、大臣。

② 张娄，生卒年不详，字梦园，华亭（今属上海）人。清代诗人，著有《偶留草》。

青羊白鹿绕其下，或眠丰草或衔芝。
泰山徂徕亦奇古，若为遥映等孙儿。
何时得与浮丘约，倚岩就石结茅茨。
气清天朗万籁寂，拍肩一笑陈围棋。

赠介石大师

清·张鹏翀①

乍出山城外，黄山满眼来。际天云汗漫，匝地岭环回。
翠雾重重裹，莲花叶叶开。何须弱水上，辛苦觅蓬莱？

钵盂峰

清·张鹏翀

谁家白足僧，作此天际想。
高钵矗丛霄，烟云足供养。

游青牛溪

清·陈廷敕

新秋来爽气，拉伴度危岩。径仄驱人返，潭声呼我前。
扪萝遗短杖，扫石动寒烟。欲共忘言侣，相迟到暮天。

---

① 张鹏翀（1688~1745），清代画家，字天扉，一作天飞，号抑斋、南华山人、南华散仙，人谓之漆园散仙。崇明（今属上海）人。

朱砂庵

清·陈于王[1]

古寺开岩腹，层层云气流。溪声过竹院，山影落僧楼。
施食玄猿接，斋钟远客投。奇峰三十六，一一画中游。

游文殊院历天都峰逢采药者

清·陈于王

夜宿疑积雨，晓知松风鸣。日出雾霭消，紫气群峰生。
十月山叶绿，境僻草木荣。策杖穿萝径，宛转随昏明。
路滑悬溜溜，桥欹崩石横。苍茫众岫接，络绎飞泉迎。
矫矫霜髯叟，负锸岩边行。息肩趺盘石，细说农皇经。
谓我有夙缘，相顾若有情。令我坐其侧，翠筐崖上倾。
双术赤白色，二苓龟蛇形。柏叶含贞性，参花至阳精。
服食屏嗜欲，堪与元化并。金丹饵轩辕，误人始容成。
言讫超然去，白云空冥冥。

黄山闲眺

清·陈　干

探幽寻翠入，突兀上高峰。沙迹当过虎，潭腥起卧龙。
云头支古屋，石腹长孤松。不踏黄山路，安知灵气钟？

过龙门岭

清·陈　干

此径何年辟？巉崖一削齐。青浮平野阔，翠列远山低。
下岭疑天小，穿云觉路迷。钟声何处发，隐隐入长溪。

---

[1] 陈于王，字健夫，苏州人。著有《西峰草堂杂诗》。

黄山

清·陈镕

筑室黄山麓，来往黄山中。山随云近远，青霄掷银虹。
登陟径屡绝，怪石欺苍穹。初如行谷底，豁然白日通。
给月群峰乱，星斗宿帘栊。浮丘与容成，怀古生清风。

莅境口占

清·陈恭[①]

征东初下雪纷冬，玉积帷前六六峰。
到处漫传新令尹，此方从昔驻仙翁。
地饶绿竹儿栽马，山有苍松树种龙。
且嘱皂鞋泥莫拭，早春还看课郊农。

雨霁经黄华岭

清·陈恭

千盘古磴欲参天，晴后飞声泻百川。
入望平畴铺碧练，每过丛坞戛苍烟。
僧群马首勤春种，牧竖牛肩稳昼眠。
最喜野翁芹意重，茗芽初摘煮新泉。

弦歌乡题田家

清·陈恭

深绿隐樵路，柴门向水声。野鼯穿稻稳，岑雉掠花平。
米色分勤惰，禽言辨雨晴。老农欣系马，鸡犬不相惊。

[①] 陈恭，清代人，太平县令。

慈光寺看云

清·陈辅性[①]

淫淫夜雨曙方收,短袖含风似凛秋。
散发门前挹空翠,千峰一色忽迎眸。
须臾飙风起北角,沉云惊走不自由。
前飞后逐如乍逋,或游或泛似轻舟。
有时峰头高着帽,更于大壑起层楼。
蓬蓬欲上釜甑气,散为飞絮与银钩。
山僧拍手叫幻绝,野客呼朋偶回头。
一霎如扫千林净,黛㲋青天何处求?

汤岭见崩石

清·陈辅性

冲暑度峻岭,喘吁百相续。小歇破亭子,乱石势攒簇。
晴空缈无际,山气自澄肃。低首思太古,神往正回复。
忽发霹雳声,砰訇震山谷。惊起视何物,巨石如丰屋。
圆转危壁间,奔腾类山瀑。烟尘起障天,云兴雾相逐。
疑是龙所为,翻山肆氛毒。不藉雷风威,下徙深潭曲。
百兽皆战栗,魑魅亦生缩。惟有独行子,精魂仍静穆。
矫然逾岭去,两腋风谡谡。

[①] 陈辅性,清初人,与沈寿民、汤燕生合称"黄山三隐"。

登中立阁看菜花

清·邱 璋①

寒不可襦饥不粟，多事雨珠更雨玉。
天公欲救万户贫，遍地黄金散千斛。
去年亢旱田禾焦，阿香焚车炎帝酷。
女娲炼石漏暗补，元冥醉眠头紧缩。
倾盆势猛银竹下，土膏近喜春花熟。
村南老翁拍手笑，转凶为丰此其卜。
先生不知农与圃，但博奇观享清福。
坳堂杯水眼界窄，飞楼百尺烟中矗。
东风扶我云梯层，远光浑碧迤延绿。
水天一气分上下，中央正色相连属。
天然绚烂寓平澹，万千红紫那敢角。
晴窗四拓百里内，点染丹青看横幅。
恍疑身入邓尉山，漫天香雪堆林麓。
不然云海浩浩乎无垠，天都峰顶开双目。

送王子怀省亲还歙

清·邵懿辰②

黄山拔地高切汉，新安万家矗天半。
并州城头望白云，有客思亲泪如霰。
老亲头白爱山居，饭有粳稻羹鸡鱼。
春雷笋菽味绝殊，比邻富厚还勤渠。

---

① 邱璋，生卒年不详，字礼南，一字二如，江苏吴江人。诸生，著有《诸华香处诗集》。

② 邵懿辰（1810~1861），字位西，号蕙西、半岩，浙江仁和（今杭州）人，清代目录学家、文学家、藏书家、今文经学家。

土风素朴乐有余，颓龄肯复命舟车。
虽不敕还日倚闾，长安冠盖如云闹。
金距狸膏斗鸡貌，高门悬薄无不到。
漏尽钟鸣谁复觉，希闻疏广出都门。
那识阳城劝忠孝，君行掉头不暂留。
俶装明发逾芦沟，一江春水下归舟。
几日还家涤厕牏，看妇织作儿吟讴。
暮归侍亲晨出游，黄山云海足底浮。
人生快意有如此，何用功封万户侯。

奉和宋牧仲黄山松石歌寄金仁叔将军

清·邵长蘅[①]

我吟李白黄山诗，四千仞削金芙蕖。
传闻轩辕炼丹处，青鸾朱砂拱天都。
山中灵异孰究悉，松奇石怪可骇呼。
扰龙松撑峰顶裂，作其鳞而旁攫拿。
蒲团倒挂幻奇古，高二尺干千岁余。
满山龙子以万数，尽吸石髓蟠根株。
石骨磊砢作松干，松毛鬖髿作石须。
轮囷碌砐斗诡状，爪鬣定与凡松殊。
茸城将军好事者，镌凿山骨双松俱。
夸娥夜半负而走，洗剔贮之玉盎盂。
猿吟狖啸闯不得，短后健儿尺一书。
饷商丘公激珍赏，选置吟窝东南隅。
一拳石松一尺耳，三十六峰苍翠移于斯。
公来巡檐日百匝，宠以篇什锵珩琚。

[①] 邵长蘅（1637~1704），一名衡，字子湘，号青门山人，武进（今江苏常州）人。

少见多怪得未曾，宾从献疑纷诧吁。

或云轩辕当年铸丹鼎，丹成遗此一片云碧腴。

或云猿公掷剑刺石䱜，化作青蛇抉尾铓蠕须。

商丘公自笑哈尔，拍容成肩呼浮丘。

两老秃翁汝知不，松即扰龙峰天都。

漆园小生齐物何足道，独不见芥孔纳得须弥无。

肖黄山

清·周永忠①

黄山之高不知几千百万丈，峰峰擘以巨灵掌。

一览众山小于螺，奇松怪石真无雨。

此山一复嵌云中，参差峙列遥西东。

巑岏玲珑莫可状，拟以黄山将毋同。

中有清泉名喷玉，引为流觞更屈曲。

注之洼石蓄为池，石可风兮泉可浴。

我来聊作黄山游，手抬容成问浮丘，三十六峰此肖不？

发朱砂庵径观音岩登石人峰

清·周　准②

言探黝山奇，早别朱砂石。升崖得险境，指示已悚惕。

熟游尚色变，何况远来客。凌空四无倚，投趾不容隙。

壁削缘藤行，崖倾藉人掖。所凭勇往志，不随艰苦易。

幽岩既已经，危峰自不隔。振衣造其巅，奇胜在咫尺。

俯身入烟萝，欲诣仙人宅。

---

① 周永忠，清代太平人。

② 周准（1777~1858），清江南长洲（今苏州）人，字钦莱，号迂村。能诗，尤善五、七绝句。著有《迂村文钞》《虚室吟》等。

缘天都峰趾度云巢洞上升仙梯遂憩文殊院

清·周 准

天都信岩峣，特立若翠屏。取径过其趾，俯仰皆奥境。
松石俱象形，岩峦类盘绠。将陟目屡眩，恐坠心更警。
行经阴洞中，恍惚陷深井。须臾从井出，冉冉首露顶。
瞬盼多创遘，不类人世景。境断缘梯升，气逼毛骨冷。
意坚斯有获，出险真自幸。向晚憩禅扉，一灯照孤影。

登黄山

清·金 照①

黄山变态自天工，移步重看又改容。
是处路皆穿石过，有时身竟被云封。
轩皇自昔曾求道，药鼎于今尚在峰。
前海茫茫我到此，却从何处觅仙踪。

天台山万年藤杖歌为宗伯沈归愚师作

清·金士松②

先生昔日游天台，搜剔岩穴烟云开。
山僧持献万年古藤杖，云自仙灵窟宅之中来。
赤城峰高人迹绝，涧道阴崖积冰雪。
苍龙抉爪出重渊，化作灵根裹山骨。
乌飞兔走无春冬，蜿蜒千尺盘青空。
娲皇炼石樵采偶不到，烈山反火留蒙丛。

---

① 金照，号封停，又号白云山樵，婺源人。清代道光贡生，官中书科中书。著有《白云山樵诗钞》。
② 金士松（1718-1800），字亭立，号听涛，江苏吴江人。清朝大臣。著有《乔羽书巢诗集》。

何年却入良工手，割鬣删鳞号灵寿。
顿令屦齿满江湖，翼德扶耆功不朽。
黄山云海连天都，芙蓉削出匡君庐。
莫鳌缥缈日相望，青山一发非模糊。
一从此杖随行橐，乡梦时时到丘壑。
掉头倦直承明庭，拟谢吹藜校书阁。
承恩诏许归东山，白鹿宗风开讲筵。
春花秋月闲乘兴，桐帽棕鞋称往还。
前年谒帝来行殿，特赐扶筇侍清宴。
优老兼陈稽古荣，孔光卓茂何须羡。
蓊溪丹暖流春溶，菖蒲绕屋花紫茸。
赤松子，黄石公，群仙抗手迎云中。
杖兮杖兮，尔仍腾掷变化为蛟龙。
三山五岳汗漫相追从，更历年岁无终穷。

仙源道中始见黄山

清·郑应鹏[1]

六六芙蓉高插天，果然秀出绝尘烟。
黄华岭上初相识，未得登临已半仙。

扰龙松歌

清·郑铽[2]

昔闻散花坞中片石峰，破石孕出千丈之奇松。今观非松又非石，但见虬枝夭矫向空立。得非窦子明，汶阳放钓来相迎？又疑轩辕帝，扳髯飞腾在云际。上有铁干五鬣长，绝似爪角森森张；下有溜雨霜皮在，鳞甲斑斑色五彩。我欲系之双赤绦，云雾晦暝恐遁逃。凛冽千年遗积雪，

---

[1] 郑应鹏，安徽泾县人。
[2] 郑铽，字季雅，江南长洲（今属江苏）人。

惨淡六月寒闻涛。吁嗟乎！秦封大夫宁胜此，何为偃蹇深山里？一朝绝壑雷雨起，看尔东行入海水。

望天都

清·郑 旼①

沧桑变尽人间事，惟有天都尚古初。
绝壁固难携蜡屐，烟萝应得引霞裾。
闲情愿早偿尘俗，极理终当质太虚。
何日真寻重践约，石床丹灶证仓书。

题程羽宸黄山诗卷

清·郑 燮②

黄山擘空青，造化何技痒？阴阳未判割，精气互溰漾。
团结势绵迀，抽拔骨撑掌。日月始明白，云龙渐来往。
轩成末苗裔，炼丹破幽厂。天都强名目，芙蓉谬借奖。
秦汉封锢深，唐宋游屐广。云海荡诗肺，松涛簸天响。
飞泉百断续，怪石万魍魉。少少塔庙开，微微金翠榜。
岑崿裹楼殿，龙象森灌莽。鹘鹤鹃鸠鸹，榛櫕枣栗橡。
岩果垂累累，仙禽翮晃晃。山腰矮雷电，峰顶耸蒲蒋。
肤土寸若金，风萝密于网。转径窄欲堕，陟巇眩还惘。
我欲跻簸峤，梦寐徒怅怏。陆骑姑熟驴，波泛浙江桨。
羁迟婚嫁累，苟贱簪笏想？山灵久拒斥，飞沙还俗颡。
输君饱游憩，晴岚披翠爽。澡泉畅骨脉，卧雪饥灈沆。
聒耳流琮琤，耸身峰仄仰。摘星揭户牖，洗日涤盆盎。

---

① 郑旼（1632~1683），字慕倩，号遗甦，安徽歙县人。著有《拜经斋集》《致道堂集》《正己居集》等。

② 郑燮（1693~1765），字克柔，号板桥，江苏兴化人。清代官吏、书画家、文学家。一生主要客居扬州，以卖画为生，"扬州八怪"之一。其诗、书、画均旷世独立，世称"三绝"。著有《板桥全集》。

赋诗数十篇，才思何阔朗。刻画宠金石，铿锵叶平上。
朱砂入炉灶，天乌受羁鞯。骨重势郁纡，神清气英荡。
作记数千言，琐细传幽尝。同游谁何人？吾宗虔谷党。
当境欣淋漓，离怀惜畴曩。昔我未追逐，今我实慨慷。
万愿林壑最，一官休歓党。当复邀同游，为君负筇氅。

文殊院阻雨怀孝廉崔友尚

清·郑载阳①

空山听雨亦悠然，竟日长吟坐复眠。
闻煮隙泉当市酒，寒烧炉火破岚烟。
衔泥仄径闻崔灏，卧石高秋笑郑元。
愿借拨开云雾手，扶筇指点快登山。

桃花峰

清·胡与高

山头桃花开，山中玉女笑。
帝乡无尽春，日日斜阳照。

登光明顶

清·胡与高

登临不用挽藤萝，绝顶光明霁色多。
云过匡庐飞紫盖，岚拖天目扫青娥。
忽分二海成孤屿，细数千峰乱放荷。
下界茫茫仙路杳，乾坤何处是吾窝？

---

① 郑载阳，清代宁国府太平县（今属安徽）人。

霞海

清·胡与高

山中云海甚奇,而霞海尤奇,幸见于云舫,作歌纪之。

高天黯惨阴且风,北山飞雪舞蓬松。
青阳失职惭无功,走借火云邀祝融。
我闻黄山铺海自近峰,银涛泛滥漩远空。
山灵戏剧嫌雷同,明霞先出闽越封。
天根一缕曳长虹,行看赤城接吴中。
峻耸将无幔亭崇,弥漫或与旸谷通。
是时黄海之云未争雄,千百里内苍翠浓。
轻烟倏起若传烽,倾境尽出何匆匆。
前云后云络绎从,如车如马如艨艟。
乍编鱼丽承弥缝,旋驱火牛相突冲。
东扫泰岱西崆峒,排挐直欲决苍穹。
忽然平衍回冲瀜,洪炉销铄金在熔。
忽然屹立争巃嵸,火鬣朱鳞出烛龙。
近岸一山浮青葱,鲸鱼眼射沧波红。
虞渊日落雾蒙蒙,珊瑚半没冯夷宫。
缤纷五色交玲珑,织女机丝非人工。
隆冬海市祷坡公,谪仙耳目鬼神供。
伊予何由此奇逢,毋乃造化怜愚蒙。
作歌嘈囋难为容,试问黄山披发翁。

饮松岩居
清·胡师旦①

才分斋粥一杯酬，切愧群公过我潭。
地近天都六六尺，齐华岳子三三山。
野肴味涩难供箸，村酒途遥未厌贪。
已见夭桃生意满，肯来重醉咏《周南》。

留普光庵
清·胡文芳②

气回天高月正肥，秋风瑟瑟柳依依。
清斋分得黄昏后，醉酒重沾白露晖。
顽块石头情若洽，酡颜桂子影斜飞。
归来犹谢远公兴，肯恕渊明多谬违。

过龙门岭道中作
清·胡承珙③

两山夹一溪，山影中流卧。溪光映山色，澄碧不可唾。
山上萧萧青竹竿，缚竹编排两三个。
滩声粼粼石齿齿，持篙刺石滩前过，
前声欸乃后声和。惊起一双白鹭鸶，山色溪光齐点破。

---

① 胡师旦，清代康熙年间人，当时名儒。
② 胡文芳，清代太平人。
③ 胡承珙（1776~1832），字景孟，号丹溪，又号墨庄，安徽泾县人，清代学者、诗人。

题黄山云海图

清·赵 翼①

生平苦慕黄山好，未得支筇踏绛氛。
今日披图峰六六，恍疑身在海绵云。

为友人题渐公画白龙潭图

清·查士标②

我家黄山未识面，闻说龙潭为色变。
倒挂苍崖百尺寒，界破青山一匹练。
潭水渟涵清照人，潭中怪石白粼粼。
桃花涧雨飞丹井，采药溪边春复春。
紫霞仙人常曳杖，探奇岩巅或潭上。
夷犹坐啸不知还，溅沫奔流劳意象。
时有巨然画手奇，钵内狞龙势莫羁。
披图错愕三叹息，安得骊珠迸入诗。

黄山春霁

清·项若麟

春至山容雨，青归景象新。尽将叠秀色，寄足一眉颦。
日瀑幽岩散，烟销古洞滨。花流出远涧，中有读书人。

---

① 赵翼（1727~1814），字云崧（一作耘崧），号瓯北，别号三半老人，阳湖（今属江苏）人。清代著名的史学家、诗人、文学家，与袁枚、张问陶并称"清代性灵派三大家"，与袁枚、蒋士铨并称"乾隆三大家"。

② 查士标（1615~1698），字二瞻，号梅壑散人、懒老，新安（今属安徽）人，流寓江苏扬州，明末秀才，清初著名画家、书法家和诗人。家富收藏，故精鉴别，擅画山水。与孙逸、汪之瑞、弘仁一起被称为"新安四家"。

梦笔生花

清·项黻①

石骨棱棱气象殊，虬松织翠锦云铺。
天然一管生花笔，写遍奇峰入画图。

半段碑

清·项荣世②

蝌蚪文犹在，几同石鼓看。鬼神应守护，风雨竟凋残。
宁虑天机泄，翻嫌太璞完。至今横卧处，剔藓读真难。

游肖黄山

清·项荣世

黄山不可到，今到肖黄山。石立长松顶，泉穿古屋间。
杖迷岚翠谷，心逐洞云闲。借问幽栖鹤，容成定往还。

题黄山云海图

清·洪亮吉③

巢禽未起客先起，竹杖棱棱注坡底。莲花高，天都高，天都望莲花，始觉平眉梢。一日不食，一夕不食，望之不来，疑值鬼与蜮。我入门，惊同人，手脚既已僵，不复吟与呻。酌一瓢，餐数黍，颜虽活，气尚阻。我虽坚强不莽卤，我游山愧爬山虎。

---

① 项黻，字杏樵，安徽歙县人，生平不详。
② 项荣世，清代太平人。
③ 洪亮吉（1746~1809），原名洪莲，字君直，一字稚存，号北江，祖籍安徽歙县。清代诗人，"毗陵七子"之一。

丰溪道中望天都峰作

清·洪亮吉

山南地陷如晋井，人鸟争巢松柏顶。
高低山麦皆已刈，留得白云铺十顷。
千峰万峰雨模糊，一峰独立天所都。
记曾曳杖至绝顶，七百里瞰高浮图。
名山历遍人惊老，如虎健儿今亦少。
君不见，置身高处眼界开，足底复有千山来。

出郭望天都峰

清·洪亮吉

三为歙岭游，一诣天都顶。天都顶上人，今晨若居井。
莲花何郁郁，莲蕊何迢迢。莲峰虽绝奇，未与天争高。
我虽忆天都，天都不思我。天风响空中，青红落云朵。
昨登九子山，正面天都峰。阔别三十年，举手捫半空。
芒鞋久已穿，游客亦俱蜕。我忆天都峰，无心返吴会。

夜起望天都峰

清·洪亮吉

疾雷卷石走半里，激电闪水飞长空。
四山草木尽风偃，壁立不动天都峰。
洪崖仙客浮丘公，十年三谒青芙蓉。
方平学道有真诀，衹卧不叱疑痴龙。
明星玉女开房栊，面面总与三霄通。
我疑日月宿山腹，夜半光采成青红。
朱砂泉亦斗奇焰，支枕聊卧温汤中。
天鸡叫后日将出，宿雾尽卷茅篷东。

文殊台望天都峰

清·洪亮吉

兹峰九百仞，积厚撼地轴。青冥阻元气，久视眩群目。
危举闪虚声，冥雨随所触。回飙荡遥紫，倒影虚众绿。
东南此分际，层累不厌复。玄黄汇江海，一气转涧谷。
云兹出云雾，借以被墋黷。虔衷合神符，忽值峰顶沐。
连阴阻卑眺，展昧引高瞩。我寻舆地志，药物此最足。
明霞积松肤，华星缀芝肉。游鞔契玄尤，居人饷黄独。
阴晦理郁盘，宵分展幽烛。灵区尚能驻，徒侣不更速。
终当上孤云，冥心契亭毒。

黄山松歌和黄二韵

清·洪亮吉

于於乎哲匠不可逢，拥肿拳曲无春容。
乾坤一气转巽艮，斯石为石松为松。
松华不承霜雪余，石妙欲出肤腴中。
中藏元气蕴雷电，火土木石皆从同。
神祇千年爱护一，介则集吉剥则凶。
吁嗟灵境与世异，太古本遭丸泥封。
地灵药物溢丹井，帝悯黎庶遭鞠讻。
中横巨石忽裂一，精液已漏无由缝。
卑枝无言入樵斧，合干已破缠交踪。
流传世人不解爱，讵有苍翠蟠心胸。
裁枝屈盆恣糅矫，辇石斫骨工磨砻。
山川一朝物性失，光怪已去神不从。
其余巨者庶免劫，肌理入石无初终。
山花分红极窈窕，幽草判绿何蒙茸。

含苞不虞神鬼泄，落实分遣猿猱供。
我知画笔不得到，只有显晦无春冬。
驱除极感造化力，早以魑魅投寒空。
阴崖点入势益陡，南北向背皆从峰。
根株偏能孕灵药，牙爪谁识非真龙。
我行十步即一憩，树亦接引如朋从。
理奇终恐化作石，转运始信非人工。

云海谣赠郑生德徽

清·洪饴孙[①]

名山变幻不可知，飞云作海何恢奇。
淋漓元气来无时，倏忽波浪纷交驰。
霞光融融动晨曦，万顷旋见堆琉璃。
此时群仙笑且嬉，手弄云水相追随。
莲华峰头望陆离，如坐翠艇游天池。
仙僧行脚经年载，为我明明说真宰。
五更天风变崔嵬，独坐云门看挥洒。
前峰后峰荡晴采，似云非云海非海。
烟鬟螺髻须臾改，一气溟蒙卷块垒。
莲蕊松林尽蓓蕾，共入烟云化苍澥，
下视奔腾动堪骇。
天都翠微参碧穹，灵气上与层霄通。
阴晴朝夕各不同，如启橐籥开元宫。
初见谷口云溶溶，忽觉天半波汹汹。
三十六朵青芙蓉，动影出入苍涛中。
翠嶂都觉浮虚空，天日无际博桑红。
浮丘生与容成公，跨鲤游戏乘仙风。

[①] 洪饴孙（1773~1816），字孟慈，又字祐甫，洪亮吉之子。

下界时响泠泠钟,到眼浩荡开心胸。
岂有旋转推鸿蒙,造化幻影知无穷。
风声水声去何疾,云兮海兮转无迹。
皎皎羲轮照奇石,依旧诸峰挺寒碧。
我为云海谣,欲作云海樵。
黄山山头暮复朝,日餐流瀣居云巢。
云为醴兮星为瓢,吐纳清气如灵潮。
芝膏术饵手自调,俯弃尘世同鸿毛。
列真一旦抗手招,为驾采鹿驱仙轺。
东溯溟渤西神皋,瞬息千里何飘摇。
空中雅奏鸣天韶,可以狎视烟海穷云霄。
喜君却住黄山坳,逸气欲与山争高。
通眉秀骨森清标,爱客为我披蓬茅。
君诗君笔亦复超,我歌我谣庶勿嘲。
君不见山南阴阴杂檀柘,我有先人白云舍。
鹤背从君倘同跨,遥指横云古峰下。

异光行

清·洪力行

秋雨夜滴空山里,有客梦回惊忽起。
自言石隙生奇光,仿佛朝暾出海水。
同眠一客睡正熟,呼起同看瞪双目。
初疑骊龙口吐珠,波涛倏染红珊瑚。
尽大地界惟一色,照人肝胆同眉须。
又疑榴火放千树,万朵殷红乍团聚。
团聚俄成光五色,五色化为千万亿。
团圆如月规初满,从眼辨光光不一。
隐现俄顷电难拟,同眠之客忽惊喜。

门闭虚堂日难入，一室浑如千万里。
大叫一声光已沉，睫未及收才片晷。
此地异光常出没，非日非星并非月。
仙光佛光摄身光，缁流一任神其说。
石中有火无非稽，山中石骨况嵚崎。
阴霾愈使光难掩，为告同游莫更疑。

棋枰松

清·洪云行

闻道骖鸾客，时来坐对松。
樵柯从烂尽，此局几时终？

登莲花峰顶

清·施闰章①

绝顶看谁到？凭陵一老夫！路皆穿石腹，人已坐花树。
片日斜飞动，群峰半有无。称心风细细，垂手接天都。

鸣弦泉

清·施闰章

太古无弦琴，片石横绝壁。时俗昧文辞，风泉自戛击。
山中秋雨多，松际寒云碧。昨夜复何人？数声吹铁笛。

---

① 施闰章（1618~1683），字尚白，号愚山，清初诗人，安徽宣城人。文章醇雅，尤工诗，与山东莱阳人宋琬齐名，号"南施北宋"。

暮登文殊院

清·施闰章

削壁无门入，盘空有栈悬。飞来一片月，照我万峰巅。
松叶出寒磬，莲花明暮烟。此身仙骨未，仰首问青天。

书炼丹台侧指月庵

清·施闰章

天海浩无涯，孤僧寄一家。泉吞丹井月，坐对青莲花。
小屋岚烟重，高台石路斜。雪中人迹断，烧叶自煎茶。

黄山吟赠曹宾友

清·施闰章

我家近黄岳，梦上天都峰。苦遭缨组缚，侧身难相从。
兴来蜡屐赍宿舂，青松手策为青龙。曹生示我山游草，飞云走日开心胸。
凭陵一万八千丈，踏翻沧海寒芙蓉。缘萝扪葛人无数，山灵频妒生烟雾。
曹生四入峰头游，层岩叠壑穷朝暮。寻山直欲作山史，一石一泉皆记注。
我昨孤啸莲花巅，钟山庐岳皆点烟。羲和却顾苦停辔，恨无斗酒招列仙。
看君吊古怀李白，珊珊仙骨才翩翩。少年努力争撰著，叫呼昂首摩高天。
丈夫会应取知己，何处酒楼同醉眠。

送孙无言[①]归黄山

清·恽南田[②]

大隐不在山，山无碧云住。渺然乘虚舟，缥缈望烟路。
将谢区中箓，未旷尘外屦。翠微在襟带，真想隔风雾。
肯令蕙帐空，春徂复秋暮。龙松千虬枝，断崖滴阴露。
四时作风涛，杳冥神灵雨。其下吼清川，上有笙鹤度。
松阴冷旧阁，青荔虚隐处。谁采金涧芝？寂寞岩潭趣。
云海想沐发，猿鸟待一顾。激棹入桃林，花源恐迷误。

望天都峰不果上

清·袁枚[③]

天都高绝与天邻，欲上频看七尺身。
底事望云频缩足，云中不见下来人。

宿黄山狮子林晨起登清凉台看云铺海

清·袁枚

清凉台高迥绝伦，我登正值山铺云。
一匹布将天地裹，千条练许山灵分。
初散后聚结作片，左缺右补团成群。
古峰几丛未灭顶，风行水上成奇文。
谁将铜斗向空熨？压软万顷玻璃纹。
疑是王家元宝斗国富，树树绢挂南山匀。

---

① 邓文如《五石斋题识》记云：孙默，字无言，号桴庵。休宁人，家于扬州。
② 恽南田（1633~1690），初名格，字寿平，以字行，又字正叔，别号南田，一号白云外史、云溪外史、东园客、巢枫客、东野遗狂、草衣生、横山樵者、瓯香馆主等。江苏常州府武进县人。清代著名画家，创常州派，为清朝"一代之冠"。
③ 袁枚（1716~1798），字子才，号简斋。清代著名诗人、散文家。

又疑裴氏蓝田新开垦，耕烟种草龙殷勤。

王母瑶池砌白玉，秦陵江海流水银。

葛洪倾镕丹鼎汞，羊欣乱书白练裙。

相较都觉有痕迹，不如此处自然一气吹氤氲。

更喜自身立云上，任他白衣苍狗来纷纷。

为我一谢云中君，高歌此曲闻不闻？

题慎郡王黄山三十六峰图

清·爱新觉罗·弘历[①]

浮 邱
洞天三十六，黄山峰占足。第一数浮邱，芙蓉四时绿。

飞 龙
鳞鬣何之而，忆向天门睹。大地是义经，占乾符九五。

叠 嶂
新浴必振衣，新沐必弹冠。闻道神仙窟，故应人到难。

芙 蓉
黄山非黟山，岚霭朝暮浮。飒然风散之，写出汉宫秋。

天 都
天都九百仞，巍然切太虚。我虽未升巅，仙侣原可呼。

松 林
松以石为胎，故得苍而直。何当立峭崖，饱睇岁寒色。

翠 微
山深含湿翠，翠滴山承之。仿佛谪仙人，幽壑横琴时。

紫 石
紫石连青鸾，干霄殊屼嵲。古寺号祥符，便欲寻荒碣。

---

① 爱新觉罗·弘历（1711~1799），清朝第六位皇帝，定都北京之后的第四位皇帝，年号"乾隆"。

掷 钵
仙僧掷钵去，钵留不能举。我更难重拈，惟道可惜许。

圣 泉
名字本相形，有贪斯有圣。泉自无分别，渫然寒且净。

仙 都
何处非仙境，此地会而都。借问骖龙侣，云峦半有无？

轩 辕
峰顶芝光紫，峰腰松影碧。是处岂崆峒，驻有轩辕迹。

九 龙
层峦各蜿蜒，变化成九龙。恰似披横幅，名家陈所翁。

棋 石
园子星躔布，方枰玉样陈。孤松立其侧，恰似烂柯人。

紫 云
延缘柏木源，攀陟紫云峰。尚忆温伯雪，青莲此处逢。

青 鸾
轩轩振羽翰，凝望何时鬻。疑驾帝车来，到此不飞去。

上 升
阮公昔得道，白日此上升。至今溪涧畔，空闻仙乐声。

云 际
出岫云成峰，云峰岫难辨。依稀听其间，似吠淮南犬。

桃 花
桃花峰下水，亦名桃花源。匪为秦人芳，却因晋隐尊。

炼 丹
仙人炼丹处，孤峰天与齐。丹成久仙去，空自余刀圭。

云 外
触石生轻云，俄浮满空霭。回首望丹崖，依约云以外。

望 仙
玉笋何岳岳，仙踪已渺邈。是处有名言，可望不可学。

清 潭
贮如仙掌露，泻似天河源。时有唼藻鳞，却避掇果猿。

石 门
灵境多袪人，时复藉人赏。不缘自辟门，谁能镇来往？

云 门
沓嶂渺难即，纠萝不可攀。惟向画图内，时时叩云关。

容 成
我已识容成，容成不识我。以此例学仙，不及劫余火。

石 柱
撑霄何岌岌，千秋镇古歙。因会为学方，所贵矫然立。

狮 子
文殊骑以来，化石昂其首。每当万籁寂，似闻一声吼。

丹 霞
复岭互窈窕，怪石争嵾嵯。当时炉火气，天半余丹霞。

石 人
何来醉仙人？卓立九秋清。似盼浮邱子，排空驾鹤征。

仙 人
无知莫如石，颇与仙人类。设云仙似石，冠履殊倒置。

布 水
辋水垂沦涟，宜听复宜望。颇觉胜匡庐，限以三百丈。

石 床
名山多奇书，不入世人目。我欲移石枕，玉简从头读。

采 石
采石真采石，璀璨纷珠玑。策枝者高士，应缘漱齿归。

朱 砂
轩辕昔慕道，敝屣衮冕华。至今第四峰，犹闻涌丹砂。

莲 花
簇簇玉井莲，太华匪当对。谁知万里游，却在寸心内。

咏黄山松树子

清·爱新觉罗·弘历

黄山三十六峰高，胎石蟠拿根柢牢。
圮上未轻期孺子，洞边还拟见卢敖。
盘拿宜入画家笔，劚削何妨匠者刀。
千载咏松人几许，于松曾不涉分毫。

养心殿晚霁对景成咏

清·爱新觉罗·弘历

日落西北天，云收东南宇。朵殿了不炎，爽风拂檐庑。
黄山松森森，建州兰楚楚。古植与清芬，相投本水乳。
心为时旸欣，可以理吟绪。

咏盆卉二种

清·爱新觉罗·弘历

其二·黄山松

一种龙鳞干，黄山独擅名。尚携峰石瘦，也傍窖花荣。
尺寸凌云势，冰霜彻骨清。向南瞻故峤，能不缱遐情。

黄山松树子歌

清·爱新觉罗·弘历

我闻黄山其峰三十六，水源三十六。
高高插天，雷雨在其麓。
灵仙窟宅奥且秘，嵌岩庇庞多乔木。
松膏入地为琥珀，黄帝容成以炼丹砂得仙箓。
老松蟠根阅千载，刚斧不能移之乃有新松侧出裂魂磊。
新松一一皆古形，樵人好事连根采。

挂千寻壁枝夭矫，采者长绁系躯穷窈窕。
巧斫山骨得全株，嗟哉为利忘躯殊不少。
金幢璎珞纷纵横，亚盆埔含浓青。
如绘蓬山列仙会，垂髫之童皆老成。
黄山之松今即古，黄帝容成何处所。

唐花谣

清·爱新觉罗·弘历

闻道恒春乃洞天，四时花发谁使然。
女夷已假花师柄，花师得窃女夷权。
女夷过非花师过，柔红嫩紫纷无那。
廿四风番信全爽，十二月令名虚播。
冬葩夏花无不直，速成还恐遭先朽。
黄山松树笑苍颜，共渠且作忘年友。

咏黄山松

清·爱新觉罗·弘历

巧匠移云根，斫松辞叠巘。植盆忽过江，盘枝故偃蹇。
依然标古度，卓尔契道管。三十六峰翠，郁葱常满眼。
春风声奏涛，秋月阴张伞。昂首问庭松，何不可为伴？
恰似陡移人，寿长身则短。

天都瀑布歌

清·钱谦益①

天都诸峰遥相从，连绵崒属无罅缝。
山腰白云出衣带，云生叠叠山重重。
峰内有峰类皴染，须臾翕合仍混同。
曾云聚族雨决溜，溪山天水齐溟濛。
是时水势犹未雄，江河欲决翻坴壅。
良久雨足水积厚，瀑布倒写天都峰。
初疑渴龙甫喷薄，抉石投奋声硔硱。
复疑水激龙拗怒，捽尾下拔百丈洪。
更疑群龙互转斗，移山排谷轰圆穹。
人言水借风力横，那知水急翻生风。
激雷狂电何处起？发作亦在风水中。
波浪喧豗草木亚，搜搅轩簸心忡忡。
潭中老龙又惊寤，缘浪溃涌轩窗东。
山根飒拉地轴震，旋恐黄海浮虚空。
亭午雨止云戎戎，千条白练回冲融。
凭阑心坎舒撞舂，坐听涛濑看奔冲。
愕眙莫讶诗思穷，老夫三日犹耳聋。

---

① 钱谦益（1582~1664），字受之，号牧斋，晚号蒙叟、东涧遗老，学者称虞山先生。清初诗坛的盟主之一，常熟人。在明末，他作为东林党首领，已颇具影响。马士英、阮大铖在南京拥立福王，钱谦益依附之，为礼部尚书。后降清，仍为礼部侍郎。著有《初学集》《有学集》《投笔集》《杜诗笺注》等。

雨不止题壁

清·钱谦益

凭仗鞋尖与杖头，浮生腐骨总悠悠。
天公尽放狂风雨，不到天都死不休。

赠潞安孙道人诗

清·钱谦益

　　道人往游新安，却病起死，其效如神。约友人程孟阳访余于虞山而不果。余复官赴阙，从新城王司马、沁水孙司农问道人在所，二公许为余延致之，亦不果。今年闻余有逮系之祸，重茧千里，问余于请室，道故悲今，相向叹息。且约候余南还，策蹇追随，共了还丹大事。余感其意，作是歌以赠之，并以订其行焉。

道人昔踏天都峰，倒吸黄海餐芙蓉。
道人今居太行脊，手扣天井煮白石。
今年访我南冠囚，霜风裂面雪䯻头。
坠马折腰卧旅店，十日不食寒无裘。
古来神仙多奇鸷，英雄回首人间事。
放骡老将青城客，椎龙少年沧海使。
君今已作愚谷叟，肝胆轮囷尚如斗。
蹇驴折纸著巾箱，铁弹如风藏脑后。
君不见新城司马气食虎，八十边庭抚骄虏。
又不见沁水尚书磊落人，顾盼霜棱起眉宇。
昔年执手禁城闉，阁道周庐旦复晨。
沁水每忧当路犬，新城欲购解飞人。
我从二公问孙老，拟学还丹事幽讨。
二公笑我太早计，掷却金莲想火枣。
十载推移陵谷中，可怜猿鹤与沙虫。

宣云属房填辽水，泽潞知交酹朔风。
我得幽囚岂非幸，尚有残生坐瞽井。
耳豁依然箭著瘢，头童恰似颈生瘿。
羊羔酒熟岁云暮，我心不留君且驻。
君如朔雁我越鸟，相将会逐南枝去。
虞山亦是一仙山，丹井银筒紫翠闲。
结宇平临两湖水，朝飞丹鸽莫呼还。

桃源庵小楼坐雨看天都峰瀑布作

清·钱谦益

崇朝澎濞雨不止，小楼蘙荟云雾里。
千流竞写白龙潭，四窗横挂天都水。
水飞石击相硙砰，龙蛇攫拿山谷鸣。
轩楹圾垃天欲漏，隐几屏息心怦怦。
薄莫解驳日车露，次第呼童戒杖屦。
始知急雨非无故，天欲老夫看瀑布。

缘天都峰趾度断凡桥下木梯憩文殊庵

清·钱谦益

天都趾右石屏南，陊山峰岭崿且嵁。
峭壁崩崖罅欲裂，异松穴石攒如簪。
嵌崟数里俄半擘，岸客百丈咸中弇。
峰峦移步貌改易，苍翠著面人熏酣。
崎岖鸟道陟又下，摧颓茧足缩复探。
盘回下梯身入井，啸呼命侣声出甔。
僧徒扶曳咸右袒，舆人负荷长左担。
俯躬正恐肱三折，侧足只容剑一铦。
挽葛千寻出洞穴，诛茅一亩憩小庵。

天都东拱势翼翼，胜莲后负形沈沈。
上拥趺石宫宅稳，下临莽苍光景涵。
灵山削成隐佛土，普门应现开精蓝。
清晓梵贝响林樾，午夜佛火明烟岚。
香象拒门表奋迅，神鸦乞食离嗔贪。
随喜幸到文殊座，投瞑还同弥勒龛。
军持漉囊在何许，桑下一宿吾所惭。

十一日繇天都峰趾径莲华峰而下饭慈光寺抵汤口

清·钱谦益

天都岉崱不可上，缒腰束胸将安往。
莲花峰下径仄垂，刚风蓬蓬吹勒回。
磴道千盘互攀援，足巡回途目欲旋。
两腋风生似掖扶，绝壁云遮失泯眩。
灵山惜别如乍逢，凝岚积霭开重重。
丹崖却转围绀殿，翠微深处闻斋钟。
未央长信已迁改，慈光香火千年在。
碧桃花开绕石塔，砂溪水流环法海。
经丘历广重踌躇，却望青峰即画图。
襞褶云衣看叠嶂，微茫雪径认天都。
六六莲峰倚林樾，叹息青莲久芜没。
曾听当时吴会吟，惟有黄山碧溪月。

天都峰

清·钱谦益

万历甲寅，普门和尚始陟天都绝顶。丙辰，阔庵和尚偕同衣九人再登，累石为塔，揭二竿，县以幡灯。从下望之，塔如人立，幡从风回翔，厥后罕有继迹者焉。

天都九百仞，竦出群峰上。我行陟慈光，厘屣正北望。
繁如冕旒垂，突如甲胄壮。仙都俨侍卫，莲花屹相向。
炼丹虽鼎足，颡伏惭辈行。削从大地拔，高与青天抗。
浮云不能齐，飞鸟孰敢并。古云天之中，轩辕此游放。
巉岩负斧依，幔亭列卫仗。月白霞衣鲜，风清广乐张。
凭虚命天老，排空召云将。至今数千祀，真都隐沆砀。
普门始荒度，阔庵继策杖。绝径引猿臂，缺窦缚马柳。
横穿身入瓮，倒掷头触罋。百仞更颠顿，方石见轮广。
累塔象人立，树幡危石当。神灯不可见，色界吾安仰？
昔闻三天都，图记互评量。此为天子都，彼为天子鄣。
庐率西南屏，大鄣东北嶂。譬如侯甸服，离卫帝都王。
香谷气方馥，桃花水初涨。帝将觞百神，吾欲合柜鬯。

炼丹台

清·钱谦益

我登炼丹台，趹荡上青天。旋观六六峰，一一排青莲。
崇台据中央，宛如莲药然。千瓣复万茎，回抱相钩连。
玉屏展青嶂，香炉罨紫烟。奇峰剑危石，栉列差膊肩。
横若罗剑盾，矗若奋戈铤。猛若屯天兽，疑角夹九阍。
伏若万金革，拟鸣复收旋。神灵既役使，顽矿俱腾骞。
相将守丁甲，谁敢窥汞铅。日车阳焰煅，月驾阴火然。
至今丹鼎中，光气流朱殷。在昔轩辕帝，垂裳理八埏。

命龙戮绝辔，驱虎定阪泉。六相资辅弼，五贼收狂癫。
药得君臣配，火用文武煎。海宇炉韛定，阴阳药物全。
然后事修炼，黄服朝上玄。服食八甲子，登假千万年。
有如世不治，慕道求神仙。张乐洞庭野，采药黟山巅。
何异周穆满，车辙马迹焉。轩皇去我久，刀圭世莫传。
愿发珠函秘，进献玉宸前。

拱日峰

清·高维岳[①]

石尽灵山第一峰，青天片片散芙蓉。
忽擎沧海扶桑日，照破尘寰几万重。

月中看海歌

清·梅　清[②]

君不见黄山六月如初冬，坐来暝色惊朦胧。
晶光倒射千芙蓉，孤月隔在天都东。
此时高兴群相引，褰衣直上光明顶。
欲见未见齐引领，一丸无缥如升井。
又不见峰峰冷浸玉壶秋，星光滴沥沾衣流。
咫尺群仙不可求，无言默坐心悠悠。
忽然老衲一声吼，白云万顷奔腾走。
须臾变幻如苍狗，三十六峰何所有？
又不见冰轮倒转银河翻，虚空绝壑生波澜。
浮槎潆荡泛岩端，观者目瞪毛骨寒。

[①] 高维岳，清永宁里（今属陕西宝鸡）人。康熙八年（1669）拔贡，曾任山东监运使，以书法著名，后任直隶滦城县令。著有《学耕园》。

[②] 梅清（1623～1697），字渊公，安徽宣城人。书画家。

人言铺海须天晓，谁知月窟开瑶岛。

天教幻境补天巧，今夜奇观那容少？

莲花峰

清·梅清

仙根谁手种？大地此开花。直饮半天露，齐擎五色霞。

人从香国转，路借玉房遮。莲子何年结？沧溟待泛槎。

石公从黄山来宛见贻佳画答以长歌

清·梅清

我陟岱宗三万丈，倒响扶桑起泱漭。

手摘片云归江东，梦中缥缈碧霞上。

碧霞峰正青，忽然接黄海。

石公贻我图，恍惚不可解。

绝巘阴森四壁寒，云峦窅冥惊漫漫。

玉屏五老争拱立，海门九龙纷乘骖。

骤疑仙峤合，转讶真宰通。

卧游当岳表，乃在天都峰。

天都之奇奇莫纪，我公收拾奚囊里。

掷将幻笔落人间，遂使轩辕曾不死。

我写泰山云，云向石涛飞。

公写黄山云，云染瞿硎衣。

白云满眼无时尽，云根冉冉归灵境。

何时公向岱颠游，看余已发黄山兴。

文殊台看铺海

清·黄起溟

才入清凉境，阴霾一霎收。云腰拖素练，日脚走金虬。
海气虚生白，波声澹不流。秦皇劳远驾，此地有沧州。

文殊院

清·黄起溟

乱云堆里结孤茅，云作斋粮石作巢。
老衲有时闲不得，数声清磬落松梢。

黄山松歌

清·黄景仁[①]

黟山三十有六峰，峰峰石骨峰峰松。
有时松石不可辨，一理交化千年中。
丹砂琥珀共胎孕，亭亭上结朱霞封。
人言松相逊石相，即以松论何能穷？
沐日浴月晕苍翠，苔色散点周秦铜。
蕤绥上偃雨君盖，纠结下固虬灵宫。
鳞张鬣缩爪入肉，万劫避过雷火攻。
昔观图画讶未见，到眼更觉描无功。
悬崖嵌峒不知数，莘莘纵纵皆鬼工。
及至触手膏溢节，极瘦驳处春华同。
清泉洗根泻泱漭，瑶草分润生蒙茸。
翻嫌石相奇太过，相助为理论始公。

---

① 黄景仁（1749~1783），字汉镛，一字仲则，号鹿菲子，阳湖（今江苏常州）人。诗负盛名，为"毗陵七子"之一。诗学李白，所作多抒发穷愁不遇、寂寞凄怆之情怀，也有愤世嫉俗的篇章。七言诗极有特色，亦能词，著有《两当轩集》。

青牛伏龟不可得，几辈对此颜如童？
明当遍觅茯苓去，短锄碎劚千芙蓉。

天都峰
清·黄景仁

昔游厌培塿，离地苦不高。抱此十年志，乃与兹峰遭。
天风卷游袂，群峭争来朝。地轴昔倾折，屹立支崇标。
一障东南山，不遣随海涛。阴阳拆支脉，散衍如牛毛。
匡庐及天目，得一皆自豪。开凿此最后，灵秘常中韬。
藏景达休彩，夜夜烛斗杓。谁遣浮丘徒，挈袖来游遨。
精气盗已尽，所剩粕与糟。真宰一上诉，许与人气交。
兹峰独峻绝，一力当青霄。太古积霞气，郁作青精苗。
世人不能采，采之寿松乔。嗟嗟含生俦，杏火纷煎熬。
孤心入卑视，八表何寥寥。

浴汤泉
清·黄景仁

黄山汤泉天下无，神窦养自天荒初。
帝怜末世物疵疠，故遗晚出天之都。
百灵汤沐此焉在，金支翠羽群来趋。
腾烟结盖护气核，潜火立柴蒸地腴。
轩皇升去丹液在，一任裸濯来凡愚。
东南况复地卑湿，已疴保性能无需。
旁兼穴汎剂熇冱，下迸珠缕冲肌肤。
不遣日月烛灵脉，风轮细碾金沙铺。
我来正值春雨后，桃花浅涨方萦纡。
伐毛洗髓欠福命，尘土肠胃聊湔除。
须臾浆变五云液，宛转露结三危珠。

我生何幸一相值，便欲移傍兹泉居。
侧闻他处五十九，流黄矾石源非朱。
骊山祸水不足道，或供烂鸟堪游鱼。
山图弓乘空籍籍，得名虽后庸伤乎。
欲叩斯理终茫如，径欲手曳容成裾。
问渠乞得缩地法，看此狡狯洪钧炉。

醉歌寄洪华峰

清·黄景仁

黄山三十有六峰，倒压沧海铺心胸。
欹崎则劣吐不尽，若不一举万里非人雄。

丹霞峰

清·黄元治①

祺中峰色独峥嵘，台外霞光映晚晴。
顶是摩霄无倚傍，心唯捧日自空明。
护持轩帝遗丹鼎，仿佛天台建赤城。
安得颜容如此驻，更倾仙掌露华清。

灯笼树

清·黄肇敏②

路旁有树数行，树悉作淡红色，如叶初黄，讶其太早，询之村人，曰："其上非花非叶，乃结成嫩荚，中含红子，娇若花瓣，俗谓之灯笼树。"即《群芳谱》所云多罗树也，得一绝云：

---

① 黄元治，江西德兴人（一说安徽歙县人），号樵谷钝夫。康熙十五年（1676）丙辰科进士，工诗善书，为清初著名诗人，诗格极高，被袁枚评为"国朝边塞诗人第一"。

② 黄肇敏，字秋宜。著有《黄山纪游》。

枝头色艳嫩于霞，树不知名愧亦加。
攀折谛观疑断释，始知非叶亦非花。

茅篷坐雨
清·黄肇敏
偷得闲身为看山，到来镇日坐禅关。
山灵畏客如新妇，常把烟岚幂髻鬟。

阎王壁
清·黄肇敏

壁骑路中，非越壁不得过。视壁下凿有足迹，须依痕方可停足，幸止三步，外则万丈深渊，所喜榛荆横生，为之遮蔽，虽深而不觉也。遂令导者先过，用白布一匹，使执定其尾端，使从者拉之如栏状，因以一手扶布，一手扪壁，次第而过，正不觉险也。壁刻"大士崖"三字，盖古称"阎王壁"，后人改名"大士崖"，欲以慈悲济险恶也。去数十步，又如前壁，亦三步耳。得一诗云：

径仄不盈尺，一步低一步。下过千万阶，俯视犹如故。
外空深不测，足底生云雾。一石立当前，断绝去来路。
或谓阎王壁，栗栗生危惧。或谓大士崖，转念无恐怖。
欲探后海胜，舍此无他渡。渡过不知险，似有山灵护。

清潭峰
清·崔　瑶
澄潭拟作玉壶看，水面风来艳碧澜。
高啸银河千万尺，游人六月不胜寒。

上芙蓉岭

清·崔云龙①

岭名极可爱，一步一徘徊。溪石高于屋，山田小似杯。
平畴犹见日，深谷忽闻雷。袒背争先上，群峰扑面来。

游黄山宿狮子林

清·崔国因②

其一

三十年前此地游，禅房草榻暂淹留。
湿云侵岫晴疑雨，深谷藏风夏已秋。
自惜鸿泥成往迹，重携蜡屐豁新眸。
山灵见我应相识，清瘦形容似旧不？

其二

解组归来历九瀛，看山又作步虚行。
廿年宦辙身犹健，半榻茶烟梦已清。
萝月朗离尘垢相，松风嘘出海潮声。
文殊歆证前因果，我是仙猿再世生。

同诸友晨上莲花峰

清·崔学古

乘兴翩翩直上游，千岩万壑望中收。
持筇触石云生足，举手攀萝露滴头。
峰顶花开寒斗宿，崖深日暖戏猕猴。
临风畏怯思连袂，隐约蓬莱水面浮。

---

① 崔云龙，字雨苍。清雍正时举孝友端方，任诸暨知县。
② 崔国因，清代常宁人。诸生。著有《竹筠诗集》。

半截碑

清·崔道然①

片石传奇字，摩挲久不堪。一雷留鸟迹，半截尚螭蟠。
落落苍苔古，萋萋碧鲜寒。神明常暗护，莫作等闲看。

黄山铭

清·龚自珍②

予幼有志，欲遍览皇朝奥地，铭颂其名山大川。甲乙期，滞淫古歙州，乃铭黄山。

　　我浮江南，乃礼黄岳。秀吞阆风，高建杓角。
　　沉沉仙灵，浩浩岩壑。走其一支，南东磅礴。
　　苍松髯飞，丹砂饭熟。海起山中，云乃海族。
　　云声海声，轩后之乐。千诗难穷，百记徒作。
　　惜哉夏后，橇车未经。惜哉姬王，八骏未登。
　　中原隔绝，版图晦暝。珪升璧瘗，赧岱惭衡。

过小心坡

清·曹贞吉③

昔人亦有盲，临渊而集木。侧身天地间，安往不解觫？
吾生饱忧患，路比羊肠曲。夙等王阳畏，未效阮公哭。

---

① 崔道然，太平人。
② 龚自珍（1792~1841），字瑟人，号定盦（一作定庵），浙江仁和（今杭州）人。清代思想家、诗人、文学家和改良主义的先驱者。著有《定盦文集》，留存文章三百余篇，诗词近八百首，今人辑为《龚自珍全集》。
③ 曹贞吉（1634~1698），清代著名诗词家，字升六，又字升阶、迪清，号实庵，安丘县城东关（今属山东）人。曹申吉之兄。康熙三年（1664）进士，官至礼部郎中，以疾辞湖广学政，归里卒。嗜书，工诗文，与嘉善诗人曹尔堪并称为"南北二曹"，词尤有名，被誉为清初词坛上"最为大雅"的词家。

今日复何日,探此万仞谷。一发走青冥,百折入幽独。
足垂二分强,寸进还寸缩。耳目不暇营,累我腰与腹。
谁能作蛇行?差堪学蚓伏。躯命争毫末,神志得清淑。
撒手愧老禅,聊复纵遐瞩。

再游黄山

清·曹 钤[①]

三入黄山今又来,诸峰偏向故人开。
林深夏带高秋气,瀑泻晴喧巨壑雷。
烟雨半沈春药井,云霞全护炼丹台。
莫言竟日无多路,选步应知为惜苔。

三十六峰歌

清·曹 钤

太极精灵忽堕地,铸为巨石插练江。天都直耸天门侧,千峰万峰拜且降。极目采石江一线,天台天目开宫扇。青鸾不避炼丹烟,芙蓉欲笑桃花面。竟日攀援踏翠微,云外松林寒扑衣。肃肃鬣战狮子吼,惊走九龙归不归。紫石钵盂仍未改,石床棋石依然在。轩辕已化浮丘去,转眼紫云变青黛。望仙仙人俱上升,我来惟见云门叠峰高崚嶒。揖询石人浑不语,还从何处觅容成?月塔矗立天门径,雨后烟浮犹不定。云际看山入渺溟,溪绕丹霞流玉磬。圣泉布水骄飞龙,玻璃击碎声玲珑。斜倚石柱迷双瞳,莲花色带朱砂红。仙都境宇洵不同,仰天长啸心欲空。吾愿化为山上松,盘踞数百万丈之孤峰,下视九州城郭林莽如蚁虫。不愿化为山下水,今古歌沧浪,千回百折终分张,坠落尘沙穿危梁。遂令本性同瞿塘,日与嵯岈怒石相激昂。君不见翻天巨浪惟沧海,百年几见桑田改?混沌迄今如一时,白云不老黄山在。去年夏后今年秋,兹山我已经

[①] 曹钤,字宾及,号瘿庵,丰润人。贡生,官内阁中书。著有《瘿庵集》。

三游。别去恐生猿鹤愁，满目苍松谁与俦？拂衣未决心悠悠，空留魂魄随云流。寸胸从此亦不孤，饱贮三十六峰之规模。红尘未识岩峣趣，吾为呕出黄山图。有客归来兮，温泉为君濯凡躯。青潭白龙作良驹，骑之可上天门隅。太极老人开鳞厨，冰壶错落倾明珠。食之可以寿不愈，但觉此身日与青山俱，此心不随沧海枯。噫嗟嗟，观止矣，即当筑室黄山里！

虞美人·山洽岭初见云门峰

清·曹霖

红毡裹背穿林去，练水虹桥路遥峰。如剪恰平分，好趁一丝丝雨看云门。

粘天湿翠漫山谷，千顷潇潇竹。青苔小径步蹒跚，便是温风六月也生寒。

佛掌岩

清·曹来复①

灵秀甲天下，佛来大欢喜。
伸手数奇峰，已先屈一指。

仙人榜

清·曹来复

擘窠字飞动，扪读不分明。
仙人在天上，岂亦重科名？

---

① 曹来复，清代徽州歙县雄村（今属安徽）人。

仙人指路峰

清·曹来复

世事多乖错，投足皆模糊。
请君出山去，到处指迷途。

汤口主程山人家

清·曹来复

四面窗开拥翠螺，柴门虢虢对清波。
阶前野菜生薇蕨，屋里层阴长薜萝。
客被乍疑今夜薄，山家先占早秋多。
羡君享尽烟霞福，日日仙源独啸歌。

烛峰

清·曹来复

露滴蜡流泪，云起篆烟浮。
寂寂空山里，仙人好夜游。

散花坞

清·曹钊①

数载思黄山，梦想散花坞。今始步高巅，四望探琼谱。
乱岫起嵯峨，烟云互吞吐。蠢地起千寻，凌空势欲舞。
怪石砌危峦，松根无寸土。肖物复肖人，为龙亦为虎。
奇巧疑神工，开凿运斤斧。一一费品题，总非经目睹。
因叹天之才，度越罕俦伍。罗列自横斜，未可绳规矩。

---

① 曹钊，字靖远，丰润人。贡生，著有《鹤凫集》。

坐久忽生疑，双眼纷无主。本是看山来，翻入河阳圃。
飘然驭长风，一啸众山俯。

桃花涧
清·曹学诗[①]

满身松影月光寒，选石题诗墨未干。
涧水泠泠无客到，夜深留与鬼神看。

明江德甫九峰三泖读书图是沈士充笔为施耦堂题
清·蒋士铨[②]

云间九仙妙妆梳，三镜转侧烟鬟俱。
卧嵩立华青有无，展湘翻渤云卷舒。
鱼庄蟹舍蜗牛庐，樵者自樵渔者渔。
有人择地来读书，其友濡毫为写图。
晴岚美荫辟户牖，章甫逢掖声咿唔。
主人江德甫，画师沈士充。
不知其人视所友，歙产自是黄山松。
所交程孟阳，题跋李流芳。
来往五茸戏烟水，俯仰二陆同徜徉。
我友施君昔住莼鲈乡，每欲剪取吴淞江。
流传忽得昔人卷，把玩似筑名山堂。
许询房琯各有前后世，扬雄庾信未隔东西墙。
江山胜处足萦惹，君本当年读书者。
塔影钟声记往时，酒人词客思前社。

[①] 曹学诗，字以南，号震亭，雄村人。乾隆进士。著有《香雪文钞》《经史通》《易经蠡测》《笠荫楼诗集》《黄山游记》等。
[②] 蒋士铨（1725~1785），字心馀、苕生，号藏园，又号清容居士，晚号定甫，江西铅山人。清代戏曲家、文学家。著有《忠雅堂集》。

君不见陆耀王昶新着薜萝衣，扁舟奉母连樯归。

方伯头衔换茅屋，廷尉手版投渔矶。

杭州越州山水窟，水色山光相仿佛。

他日如蒙赐鉴湖，老抱遗经身共乞。

汤口不寐
*清·蒋　超*①

点翠粘蓝月半丸，下山情似别离难。

误人好事常鸣涧，不放千峰入梦看。

从小心坡登文殊院
清·程　谦

竟日扶双策，登登上翠微。松多穿石出，云喜傍人飞。

造物尽无理，劳生欲息机。后游当努力，踏遍万峰归。

黄山
*清·程之鵕*②

黄山三十六芙蓉，浴罢汤泉曳短筇。

仙乐拟闻缑岭鹤，钵盂欲攀鼎湖龙。

迷漫云气皆成海，穿穴峰头半是松。

始信到来仍不信，天工理外若为容。

---

① 蒋超（1624~1673），字虎臣，号绥庵，江苏金坛朱林镇人。官至顺天提督学政，后出家为僧。著有《绥庵诗稿》《绥庵集》《池此偶祭》《蒋境》《峨眉山志》。

② 程之鵕，字羽宸，又字采山，歙县人。贡生。著有《练江诗钞》。

云外峰
清·程之鵕
缥缈离奇峙碧空，浑疑云外复云中。
杜鹃开向春光后，烧遍峰头万树红。

迎送松
清·程之鵕
对依丹崖历几时，阅来人往两撑持。
交加互屈劳攘势，相向回盘礼让姿。
岂似趋炎还附热，久成铁干共苍枝。
山中寂寞须君意，笑慰吟筇独往携。

散花坞
清·程之鵕
何来天女散仙花？原是天都仙子家。
一坞花香分两度，争传秋实与春华。

仙人峰
清·程之鵕
双峰疑人幻未真，餐霞吸露足精神。
漫传轩后浮丘伯，南向为君北向臣。

叠嶂峰
清·程之鵕
叠叠层层会一峰，岩前滴乳响淙淙。
阴云一片忽成雨，先出层峦护白龙。

采石峰

清·程之鵷

怪石垒垒五色裁，叠成仙嶂势崔嵬。
月明携酒闲登眺，直欲狂呼太白来。

松林峰

清·程之鵷

万树苍松翠欲攒，参天劲势上千盘。
老人策杖峰头坐，自比垂垂绿发看。

登莲花峰

清·程正路①

松涛云瀑里，仰望碧峻增。乱石穿空上，三峰少客登。
遥天沧海水，明月雪山灯。直欲凌风去，狂来我独能。

一线天

清·程正路

石破支云上，双峰一道开。秋阴疑雨过，日午见天来。
松影沉千仞，花香落半台。游踪惊历历，尚有古莓苔。

---

① 程正路，号耻夫，又号晶阳子，别号雪斋，歙县槐塘人。墨肆名悟雪斋，清代徽州府制墨高手。

春晓上碧云寺

清·程以球①

树杪留云湿，山坡一径斜。夜来几点雨，添放数株花。
野绿随踪阔，溪流趁眼奢。渐闻清梵歇，早熟上云茶。

肖黄山

清·程倬②

嵯峨起伏倚云端，坐啸常惊落照寒。
若使浮丘飞鹤过，应将乱石煮成丹。

黄山

清·释传文

三十六峰烟月里，苍松尽作老龙飞。
几年帝子乘鸾去？白石依然坐翠微。

十九日晓望八仙过海

清·释大涵

云行仙亦行，云止仙亦止。
小坐任超迁，过我一万里。
吕生吹笛阴崖暖，张公拍板秋风短。
玉女提篮灵药满，游戏人间天不管。
沧洲同渡神通别，脚踏鼋鼍波喷雪。
有时云脚散斜晖，仙兮仙兮胡为归？

---

① 程以球，清代太平人。
② 程倬，清代太平人。

木莲花

清·释海岳①

潭影岚光高复低，乔枝开与玉楼齐。
檐欹密蕊分三面，帘卷空香散一溪。
择木黄莺争出谷，营巢紫燕不衔泥。
凭栏满目皆香雪，来往无人擅品题。

引针庵

清·释恒证

华山戒法得将来，黄海禅机正好培。
极目箴规宜自惕，镬头边事唤人回。
引针一线衣珠露，笑指千峰觉路开。
此际洋湖风化美，机投父子不须猜。

鸣弦泉

清·释音可②

石上悬琴琴醉寒，五更三点是谁弹？
清音流出相思泪，月照风吹竟不干！

---

① 释海岳，字菌人，号中洲，江苏丹徒人，家居镇江。三岁时出家，后为黄山慈光寺住持。著有《绿萝庵诗集》《万山拜下堂稿》等。

② 释音可，生卒年月不详，即元白大师，俗姓邓，明末清初名僧。曾刻《圆通广忏》二十卷传世，在黄山莲花峰庵久居，作有咏黄山诗多首。

圣泉峰

清·释音可

透顶灵源清似镜，蛟餐虹饮莫能干。
时常照落青天梦，洗尽风云不泄寒。

芙蓉峰

清·释音可

巧样如花红入眼，茎生玉露湿秋风。
长年艳丽无人摘，引得仙娥下月宫。

剪刀峰

清·释音可

海涌双峰势自威，黄猿抱子不知归。
月磨雨洗如风快，剪断青云两处飞。

宿文殊院观海和孙鲁山韵

清·释道据

白雾霏霏雨不歇，青山复衔半边月。
翠壁苔藓绣虎纹，千岩万壑铺溟渤。
我欲跨海与长虹，遥看彼岸薄穷发。
日脚垂垂映彩霞，岛屿微茫出还没。
夜半重登立雪台，芙蓉的历九天开。
寒光五色荡精魄，仿锦仙人骑鹤来。
须臾万里吹长风，松涛石上起蟠龙。
山下轻雷声隐隐，檐端细露水溶溶。
山前山后水平分，应接不暇意徒勤。
欲借玉女双剪刀，掠取长空一片云。

海外青螺数点浮，万顷琉璃一睫收。
淡妆浓抹都难似，此际谁能纪胜游？

赠言

清·梁佩兰①

君不见黄山松，千树万树如虬龙。
又不见罗浮日，扶胥海上三更出。
鸿蒙天地气始分，金盆煜爅浮红云。
我皇高御蓬莱殿，九点齐州殿前现。
敕遣仙人下界来，霞旗麾动天门开。
要使苍生共蒙福，阳和到处人膏沐。
南溟之水为天池，洪波万顷堆琉璃。
银河相接成一派，波流汩汩飞银瀍。
秋色遥临越秀山，仙人驻节于其间。
鸾鹤纷纷日来下，犹似阆风㑩其马。
夜来列宴弹灵璈，北斗插地苍天高。

扫花游·曹贞吉黄山纪游诗题辞

清·靳治荆②

轩皇去后，剩六六芙蓉，兀峙云表。骚人吟眺，尽诗满碧城，赋空园峤。谁相红牙，写出烟岚缥缈？留题好，有珠玉家风，小山词稿。

曾记春晚到，看天马神猿，飞下孤峭！游踪草草，怕尘襟未浣，千岩腾笑。争似东阿，一缕冰丝清袅，雪窗晓盥薇花，讽吟多少？

---

① 梁佩兰（1630~1705），字芝五，号药亭，南海（今属广东）人，清初岭南著名诗人。著有《六莹堂集》等。
② 靳治荆，字熊封，号雁堂、书樵。著名诗人王士禛门生。

石床

*清·窦遴奇*①

自古疑无瞌睡仙，石床闲空自年年。
除将出岫孤云宿，也有干霄野鹤眠。

木莲花

清·窦遴奇

天挺琼葩岁月深，若耶溪畔结同心。
亭亭自昔出泥淖，绰绰而今生树林。
枝绕山峰白鹤舞，根盘石窟水龙吟。
绀宫应有花神护，十丈俨然古佛临。

三折岭望黄山

*清·董法海*②

回头三折望黄山，客路匆匆山自闲。
寄语芙蓉峰六六，相思都在白云间。

---

① 窦遴奇，直隶大名（今属河北）人，性诚笃，和易坦直，清顺治三年（1646）进士。

② 董法海（1671~1737），通作"佟法海"，字渊若。雍正元年（1723）任安徽学政。

答人问黄山
清·鲍桂星①

君问黄山好，依稀说与君。
有峰皆是石，无岫不成云。

老松
清·鲍桂星

老松眠秋云，不醒化为石。朝猿与暝鸟，踏出古藓白。
芒履未敢前，畏有蛟龙迹。谁能刳作舟？乘之访烟客。

始登黄山
清·鲍桂星

黄山如故人，见我粲然笑。尘容窃自恶，胜览非所料。
天风吹芙蓉，片片种夕照。白云来相寻，与之共高妙。
自非容成子，谁欤领其要？

登始信峰是江丽田弹琴处
清·鲍桂星

山奇峰易匿，到者今始信。诡态不可写，灵怪争奋迅。
曾岑闷幽蹢，远岫饰妍鬓。风来阳谷响，云出阴崖润。
扳藦访真逸，倚杖缅曩俊。造物固英怳，秘奥多所吝。
寥寥百年内，俗骨谁许殡？日夕烟树鸣，幽兰或可讯。

---

① 鲍桂星（1764~1826），字双五，一字觉生，安徽歙县人。嘉庆四年（1799）进士。历官工部侍郎、翰林学士，因事革职，官终詹事。鲍桂星师从姚鼐，诗古文并有法。著有《觉生古文》《觉生诗钞》《觉生咏物诗钞》《觉生咏史诗钞》等，另辑有《唐诗品》。

自阮溪入汤口

清·鲍桂星

百里不断云，山风泠然善。攀萝陟嵌崎，振策缘峭蒨。
岩瀑作雨飞，澜花杂霞绚。松晴樵响出，岚湿钟声恋。
一步一低徊，不觉日已晏。谷态逐峰移，林姿随径转。
归鸟导我前，忽睹黄山面。

黄山松石歌

清·鲍桂星

黄山松如石，瘦硬削金铁。

黄山石如松，磊砢堆蒙茸。

不知是松还是石，到处之而鳞鬣飞。

虬龙见松不能去，五步一返顾。

遇石不肯走，十步一回首。

有时石出松顶上，欲落不落势倔强。

有时松孕石腹里，顾复宛如母抱子。

有时勃怒相战斗，松髯戟张石戴胄。

有时欢爱相笑言，石齿粲露松婵娟。

吁嗟乎！石奇松好有如此，鬼斧神工谁所使？

安得弃绝人事，高卧黄山巅，抚松弄石日复年。

山行放歌

清·鲍桂星

井陉以东山积土，井陉以西山戴石。

土山过去石山来，山山踊跃如迎客。

客本黄山山下人，门前山色无冬春。

看山爱山得山髓，土石所著皆烟云。

十年奔走长安市，忙煞车轮闲屐齿。
幽蓟名山无暇寻，青鞋布袜何年始？
昨者一为嵩少游，踏破二室千崖秋。
秋风吹客返京园，梦想好山忘不得。
好山最好是黄山，三十六峰云海间。
莲花绰约似处子，天都俨雅如仙官。
弦泉乐鸟足酬唱，紫石青鸾堪往还。
如何息壤未能践，山行却在井陉县。
井陉西去山万重，日日见山增叹羡。
叹羡徒增不乞身，山应笑客贪乘驷。

白衣庵

清·蔡 瑶①

低路绕清涧，平畴散绿秧。脱冠携道侣，看竹到僧房。
幽阁黄鹂语，新瓷紫笋香。溪风正亭午，小坐一单凉。

皮蓬访雪庄禅师

清·潘 耒②

高僧本逃名，独卧万峰顶。何期名远闻，鹤书下延请。
三辞不可却，暂到红尘境。缄口不谈妙，避喧如避阱。
坚求放还山，云鸿逝冥冥。我采访高踪，大壑云万顷。
蜗庐寄其间，飘落一叶艇。焚香披画图，汲涧煮茗芋。
人如冰雪清，韵与松杉冷。利名所波靡，缁流亦驰骋。

---

① 蔡瑶，清代宣城人。
② 潘耒（1646~1708），清初学者，字次耕，一字稼堂、南村，晚号止止居士，藏书室名遂初堂、大雅堂，吴江（今属江苏苏州）人，潘柽章弟。师事徐枋、顾炎武，博通经史、历算、音学。参与纂修《明史》，主纂《食货志稿》。著有《类音》《遂初堂诗集》《遂初堂文集》《遂初堂别集》等。

举世为红炉，君心独古井。即此是说法，何须白拂秉？
听者有何人？山头石首肯。

天都峰
清·潘　耒

黄山千百峰，兹何独称长？大巧不炫奇，尊严故无两。
中天开帝廷，万灵此朝飨。肃穆垂冕旒，森严排甲仗。
梯空一万重，拔地九千丈。烟云升及腰，日月行在掌。
群山自言尊，对之失气象。譬如见真人，群雄自头抢。
苍苍百里外，孤标已瞻仰。即之如可亲，攀之莫能上。
石阙望峨峨，天桥瞩朗朗。载肉无由升，徒然结遐想。

玉屏楼闲眺
清·谭志俊[①]

玉屏云外立，绝顶石参差。心镜一如洗，夕阳归路迟。
鸟声喧暮竹，花气霭春池。欹磴成新句，澹然空所思。

黄山绝顶题文殊院
清·魏　源[②]

峰奇石奇松更奇，云飞水飞山亦飞。
华山忽向江南峙，十丈花开一万围。

---

① 谭志俊，太平人。
② 魏源（1794~1857），名远达，字默深、墨生、汉士，号良图，湖南省邵阳市隆回县司门前（原邵阳县金潭）人。近代中国"睁眼看世界"的首批知识分子的代表。

松谷五龙潭

清·魏　源

　　松谷，后海门户，谷在四山中，受石笋矼、师林诸涧瀑，汇为青、黑、黄、白四潭，并下油潭而五。潭各隔涧不相属，各以所映石壁之色名之。惟油潭以上涧狭长如油榨得名。榨下石厂嵌空，水横行下孔窍爬轰，潭如大釜受之。釜底白石可数，而垂缒数丈，不得其底，空明窅幻，于诸潭尤胜。

　　　　溪山喜游人，先遣流泉导。流泉畏出山，十里声先噪。
　　　　后海此门户，涧壑窅深峭。诸峰如笋城，古寺专其窔。
　　　　一壑一龙宫，不肯同堂奥。一湫一石色，不肯复形貌。
　　　　其上白雨飞，其下镜台耀。石或嵌或穹，松或荫或冒。
　　　　百尺水晶帘，四面水仙操。会成大寒碧，澈骨乾坤照。
　　　　始悟万化初，一泓水源肖。并无声潺湲，但有光澄妙。
　　　　何必入山深，莹然尘梦觉。从此讨仙源，步步皆壶峤。

云谷九龙潭

清·魏　源

　　九龙潭受花坞、丞相源之水，锁以横石冈，冒冈迭注而下成九瀑潭。幽莹寒碧，甲于黄岳。但须亲至潭侧，方知其妙。今人惮谷口入路迂远，但从天绅亭隔谷遥望而已。若有好事者从冈下砌一石磴，俾游人径得至潭侧，则事半功倍，不但游屐有资，即山灵亦当惊知己于千古。

　　　　谁令石化水？谁令水化龙？始从龙水石，一气性相通。
　　　　曲折云一道，贯穿月九重。出石入石坎，出山在山蒙。
　　　　幽深不敢近，中有潜蛟宫。宫中寒碧天，不因石与松。
　　　　我来镜须发，光影前身逢。极彼色相丽，转令色相空。
　　　　极彼舌广长，转归寂寥中。安得开径人？不被烟云封。

黄山云海诗

清·魏　源

海成山忆蓬莱阁，山成海则文殊庵。
我来正值月华霁，玻璃影涵千万參。
山童忽报将铺海，是时雨后山气酣。
山山树林喷薄有形无声之飞澜，
分流互注相回盘，惊奔乱骛如脱骖。
初各一缕合万族，从足至腰渐脊氎。
不风不波千万里，以天为岸山为鲇。
一白光中万青攒，天荒地老无人帆。
俄顷凹凸高下浑一函，但余方丈瀛洲三。
众山反下水反上，翻怪声空如此蓝。
人天世界空中嵌，但少倒月沉秋潭。
良久海风渐荡漾，白光始与青光参。
中有松涛万谷助岈崄，更有万怪出没相吞眈，
又恐三山随波漂没化为岚。
日光忽跃金乌赶，饥蛟倒吸无留痰。
以下还下巉还巉，惟见白斗参横南。
归来勿与痴人谭，梦中说梦谁昌聃。

黄山诗六首

清·魏　源

　　黄以险名，游者又皆自徽、歙前海入，故由汤谷则有三天门之险；由丞相源，则有散花坞之险。若自太平后海入，则由松谷至石笋矼，可遍览光明顶、西海门之胜，后至文殊院，以观莲花、天都之胜，而绕山麓以观九龙潭，再绕山麓以至朱砂泉、白龙潭而出芳村，夫何险之有？敬告山人，往返出入，皆当由后海，慎勿由前海。

其二

峡壁仙掌立，细路纹在掌。久别莲花峰，十年如更长。
万石相玲珑，叠出群山上。云峦时绝续，泉声日奔放。
泱漭天为岸，扶难感藜杖。绝颠峙峭石，生成非一状。
要知颖露奇，只在蟠根广。奇绝飞来石，何年巧安放？
谓坠上空空，谓崩绝依傍。莫穷结构原，弥惊孤立壮。

咏黄山

佚 名

踏遍峨眉与九嶷，无兹殊胜幻迷离。
任他五岳归来客，一见天都也叫奇。

云谷雪松

清·佚 名

风欺雪压一重重，生长畸形百不同。
唯有后山云谷里，撑天壁立啸寒空。

现当代

庆春泽慢·黄山道中

丁 宁①

野水涵烟，遥烽敛黛，依稀画里曾吟。照眼凌波，惊看欲立亭亭。蘅皋月冷湘娥怨，翠盘擎、凉露初零。暗消凝，似水年光，都付鸥盟。

飘萧双鬓殷勤洗，待缁尘尽涤，漫步仙瀛。济胜无功，羡他绝顶身轻。黄山自是吾家好，算登临、如履师庭。报邮程，故扰吟怀，车笛声声。

立马桥赏红叶

马客谈②

立马峰前东海空，深临绝壑永浮沉。
秋山绚丽浑如画，几树丹枫入碧丛。

初见

方令孺③

碧嶂排空怯雁行，一川大石水潺潺。
桃花峰上胭脂歇，古柳盘松绿满山。

登观瀑楼

方令孺

雨后峰峦特自奇，白云飞拂乱喧溪。
凭栏北望情何限，山岳风仪孰与媲。

---

① 丁宁（1902~1980），原名瑞文，号怀枫，别号昙影楼主。原籍镇江，随父迁扬州。受业于扬州名宿戴筑尧，著有《还轩词》。
② 马客谈（1884~1969），江苏南京人。教育家，曾任重庆师范学校校长。
③ 方令孺（1897~1976），安徽桐城人。散文作家、女诗人。

临江仙·小窗默坐戏涂天都峰小幅寄胡伯翔老画师

龙榆生①

曾是偶然成莫逆,消来尔许炎凉。薄冰临履费论量。鸡声茅店月,人迹板桥霜。　　来往风流看二老,溪山好处徜徉。野花簪鬓乐春阳。天都常在眼,上药是何方?

雾里美人云里山

叶 挺②

雾里美人云里山,凭崖勒马往前看。

层峰直上三千丈,出峡蛟龙几时还?

百丈泉

田 芜③

百丈泉头天上来,浑浑直泻两山开。

寒光犹似青霜剑,飞向苍空猿啸哀。

桃花溪

田 芜

向津往事去悠悠,今日桃源任我游。

最喜白龙翻雪浪,桃花溪畔托清秋。

---

① 龙榆生(1902~1966),本名龙沐勋,字榆生,号忍寒。江西万载人,中国现当代著名学者。

② 叶挺(1896~1946),原名叶为询,字希夷,广东归善(今惠阳区)客家人。中国人民解放军创始人之一、新四军重要领导者之一,著名军事家、政治家。

③ 田芜,浙江宁海人。1938年参加革命,从事部队文艺工作多年,曾任文工团团长、文艺科科长等职。

黄山小诗
老 舍[1]

天都奇伟海云幽，莲蕊莲花高入秋。
欲识黄山真面目，风华半在玉屏楼。

忆江南·黄山好
吕秋山[2]

其一
黄山好，举目是奇松。壁峭岩悬能立足，风欺雪压不卑躬。千载展新容。

其二
黄山好，怪石傲虚空。孔雀戏莲形绝俏，天官梦笔画难工。仙女绣花红。

游芙蓉洞翡翠池夜宿松谷庵
后奕斋[3]

天成野趣漫寻诗，苔绿荒阶履杖迟。
鸟语泉鸣喧静谷，桂香枫冷透繁枝。
青山飞度芙蓉洞，碧水奔回翡翠池。
古木新篁迎晓月，秋光未老醉人时。

---

[1] 老舍（1899~1966），原名舒庆春，字舍予，另有笔名絜青、鸿来、非我等。
[2] 吕秋山，河北晋县人。曾任黄山管理局局长、安徽省地方编纂委员会副主任。
[3] 后奕斋，安徽芜湖人。

登黄山偶感

江泽民①

黄山乃天下奇山，余心向往久之，终未能如愿。辛巳四月廿五，始得成行。先登后山，再攀前峰，一览妙绝风光。见杜鹃红艳，溪水清澈，奇松异石，和风丽日，山峦起伏，峭壁峥嵘，云变雾幻，豁然开朗，此黄山之大观也。江山如画，令人心旷神怡，更感祖国河山之秀美，特书七绝《登黄山偶感》一首以记之。

遥望天都倚客松，莲花始信两飞峰。
且持梦笔书奇景，日破云涛万里红。

后海纪游

江　城②

十里溪流转急滩，一湫一石一容颜。
黄山多少惊人处，后海珍奇在五潭。
四面奇峰绕碧潭，万竿修竹满秋山。
春来一片花如海，且与山灵结厚缘。

与皖南抗日诸老同志游黄山

刘伯承③

抗日之军昔北去，大旱云霓望如何？
黄山自古云成海，从此云天雨亦多。

---

① 江泽民（1926~2022），江苏扬州人。曾任中华人民共和国主席、中华人民共和国中央军事委员会主席。

② 江城，本名程贤华，1941年7月生，湖北武汉人，曾参与编纂《新闻写作知识》《中外丑闻录》《先秦文学辞典》等。

③ 刘伯承（1892~1986），四川开县（今重庆市开州区）人。中国共产党的优秀党员，中华人民共和国元帅，中国人民解放军缔造者之一，伟大的无产阶级革命家、军事家、军事教育家。

九天凉露阶边白，数点烟螺海上青。
借问文殊清夜里，可能容我摘寒星？

纵迹黄山上

刘克明[1]

纵迹黄山上，题诗扫绿苔。抒怀临胜境，携侣步天台。
峦错长空乱，霄明万象开。温气随身涌，梵气招月来。
地出尘寰界，人登佛国阶。乍观红日现，忽被白云埋。
息饮清溪畔，行吟绿树隈。乾坤多妙绩，静悟费思裁。

满庭芳·七上黄山

刘海粟[2]

云海浮游，玉屏攀倚，天都插遍芙蓉。山灵狂喜，迎客唤苍松。七度重来无恙，记当年、积雾沉笔。补天手，旋钧转轴，旭日又当中。

凭高。先一笑，齐烟九点，郁郁葱葱。正不知，费却多少天工。无限筇边佳兴，都化作、挥洒从容。龙蛇舞，丹砂杯底，照我发春红。

画天都峰自题

刘海粟

九上黄山绝顶人，纵横古今感微尘。
笑煞天都峰巅客，人间咫尺数烟云。

---

[1] 刘克明（1913~1993），曾任南京军区技术干部学校校长。
[2] 刘海粟（1896~1994），名槃，字季芳，号海翁。著名画家、书法家。

云谷寺写生画题

刘海粟

黄岳雄姿振千古，百年九度此登临。
目空云海千层浪，耳熟松风万古音。

题莲花峰特写

刘海粟

芙蓉削出叠秾华，七度攀登弄紫霞。
架壑有松皆翡翠，凌霄无石不莲花。

作云谷晴翠归途口占

刘海粟

七十二峰七度攀，此身宁复在人间。
八五游历曾非梦，疑昔登临未定山。
有路篱雀飞不到，无知松柏老能闲。
要从何处寻丹嶂，莫使匆匆卤莽还。

游黄山发容溪

许承尧[①]

自容溪入山八十里，夹道皆山。

抠衣觌初祖，先睹万儿孙。儿孙敬肃客，头角近可扪。
秀顽慧愿悍，倚立踞跃蹲。殊意即殊象，万态诡以繁。
森森不可纪，愈觉初祖尊。

[①] 许承尧（1874~1946），安徽歙县人。近现代方志学家、诗人、书法家、文物鉴赏家。著有《歙县志》《歙故》等。

慈光寺

许承尧

坦坦慈光寺，磴道宽以平。三里大寺门，二里听涛亭。
深曲掩树石，映带生幽馨。仰瞻大雄殿，气象伟可惊。
三度重建造，尚非前模形。森森玉阶下，群峰如列屏。
朱砂壁其后，兀立端且凝。僧言全盛时，千僧来翻经。
深宫赐铜塔，七级高峥嵘。一级万佛像，宝相庄难名。
数载委汤口，万夫通道行。山中有喧寂，今只四五僧。

登云谷江丽田琴台

许承尧

鸣琴客久去，石床犹在兹。翁蔚四山静，泠泠水环之。
阴森复轩朗，穆然立嵌崎。其巅可坐卧，瑶草周披离。
方潭彻底澄，摩荡青玉肌。希音出峭壁，古调非人为。
此已移我情，程子雅善词。细扪藓上字，或有畸人诗。

黄山雨中三日游诗

苏步青[①]

夙闻天下此名山，待到今朝始得攀。
迎客松听千欲发，生花笔峭梦犹酣。
雨来林润千重翠，雾散风清万嶂岚。
云海未观归有憾，且欣五岳不须看。

[①] 苏步青（1902~2003），浙江温州平阳人，祖籍福建泉州，中国科学院院士，中国著名的数学家、教育家，中国近代数学的主要奠基人，中国微分几何学派创始人，被称为"诗人数学家"。

忆黄山松

玛 金①

壬戌夏由皖赴粤，首次见到榕树，因忆黄山松，感赋。

黄山松与岭南榕，斗雨当风两地同。

终古相期不相会，凭谁彩笔画双峰？

莲花峰

汪孔祁②

莲蕊何年结？莲花天上开。

只疑成佛座，故作泛查来。

日出

沈 育

淡云横抹晓朦胧，浅碧橙黄紫又红。

一霎松岩齐变色，金光如雨沐群峰。

山居

沈曾植③

旅居近市，郁郁不聊。春夏之交，雾晨延望，万室蒙蒙，如在烟海。憬然悟曰："此与峨眉、黄山云海何异？"汪社耆持此图来，乃名之曰《山居》，约散原同赋。散原先成，余用其韵。

---

① 玛金（1913~1996），笔名陈斑沙。安徽怀远人，安徽省文联第二届委员，诗人。

② 汪孔祁（1886~1940），字采白，别署洗桐居士，安徽歙县人。李瑞清弟子，善山水、花卉，亦能作西画及制图。

③ 沈曾植（1850~1922），字子培，号乙庵，晚号寐叟，别号寐翁、巽斋等，浙江嘉兴人。清末民初学者、诗人、书法家。

其一

山居不识山，宅相乃非宅。心精一回瞽，万象转朱碧。
以马喻马非，骑驴孰驴觅。芒砀毗岚风，堕我群魔窟。
牢守颠当门，歧缘蜥蜴壁。辽海八尺床，坚待穿当膝。
土垢变之净，法云闻自昔。飡朽倒为香，逢子原非疾。
反覆究阴阳，居游皆木石。吾朝礼姑射，冰雪照肝鬲。
吾夕游华胥，鸟兽绝远迹。市声涛共泻，心月眼有食。
即此造商颜，何曾耳班翟。善来子陈子，分我白鸥席。
天宇迥寥泬，方隅无闶隔。东望云海空，或有骑鲸客。

其二

闉阇西南来，念我临河宅。月午可中庭，天空映澄碧。
药栏称意花，含采待深觅。木兰搴小白，末利众香窟。
东轩餐沆瀣，西牖照奎壁。久客胡不归，辛勤此容膝。
此生如寄耳，弹指感今昔。四大尚非我，三瓦只为疾。
经营计堂构，雅尚托泉石。太乙失常居，焉兹芥胸鬲。
草间侪乞活，蓬藋踽跰迹。梦里拜鹃啼，艰难薇蕨食。
泠风宁嫁卫，破灶乃黔翟。喟然顾四壁，蓬卷心非席。
勉为灵运赋，逝不羲皇隔。天地一蘧庐，翛翛适来客。

其三

多生皈净域，一念堕火宅。平世京洛缁，乱离蜀都碧。
立槁古有行，蒙茸叔焉觅。堂堂冯君卿，碎身豺虎窟。
叱咤作风雷，长留耿恭壁。晋祠堕天狗，矢集长源膝。
大节照丹青，谈谐思夙昔。丈夫快一决，何事幽忧疾。
闭置侣婪媠，流烁剧金石。精神忽飞越，五岳崒肝鬲。
此室吉生白，此邦秽无迹。定心山水观，悲愿阴阳食。
以此转法华，昔闻化胡翟。画图幻笔墨，寝处在几席。
海印起森罗，十方初不隔。善逝两足尊，嘉兹傥来客。

其四

何处无此山？何山不可宅？天壤两闲民，虚怀饮寒碧。
耦耕老有养，负郭不须觅。琴志协牙期，玄思绅理窟。
朋来开径望，绝倒虎溪壁。影与独行俱，孤抱梁父膝。
兹理将不胜，适今至先昔。信有役夫乐，谁钦尹氏疾。
士有守枯禅，形骸坚土石。或私造化秘，炉鼎在肝膈。
采药我未能，灰身讵留迹。孰知旋视听，所向得卜食。
双方照张单，一致融缓翟。云梦若八九，吞吐在研席。
不迁仙已得，相即佛无隔。兜率姑徐徐，先作海山客。

菩萨蛮·观日出云海
宋亦英①

其一

谁将彩笔长空染，赤橙翠紫深还浅。一霎锦屏开，金轮喷薄来。
余霞纷四被，万壑千岩醉。恍到水晶宫，朱砂透顶红。

其二

回头忽作乘槎客，惊涛骇浪排空立。万里白云铺，群山一览无。
长江天际望，江水流天上。云水两溟蒙，扬帆趁好风。

为黄山松石图题
张大千②

三到黄山绝顶行，廿年烟雾黯清明。
平生几两秋风屐，尘蜡苔痕梦里情。

---

① 宋亦英（1919~2005），原名宋惠英，安徽歙县人。曾任安徽省群众艺术馆副馆长、安徽省工艺美术局副局长、中国美协安徽分会秘书长、安徽省诗词学会副会长等。
② 张大千（1899~1983），四川内江人。中国近现代国画家。

杭徽道中

张　珩①

拂拭风前白袷灰，锦车尘里走轻雷。

徽河一道清如许，好为行人照影来。

终是川原得自然，我来三月已闻蝉。

日斜又到无人处，红紫满山开杜鹃。

登天都

陈其五②

直立天都气盖天，神州莽莽看无边。

晴空暗谷愁飞鸟，鬼斧神工欲渡仙。

千岁苍山春不老，六龄弱女着先鞭。

惊风怒走三千里，且借黄山压巨蛇。

水调歌头·再登黄山

陈昊苏③

处处松迎客，此树在黄山。第一江南绝胜，来者尽开颜。闲步天都鱼背，稳操莲花船舵，壮志寄云端。再望光明顶，黄海现奇观。　　前山险，后山秀，两非凡。不怪登临始信，仙境落人间。四海争传瑰丽，五岳犹输气概，到此不思还。十万阶梯石，助尔共登攀。

---

① 张珩（1915~1963），字葱玉，别署希逸，上海人，原籍湖州南浔。古书画鉴定专家。

② 陈其五（1914~1984），安徽巢县（今巢湖市）人。曾任上海市委宣传部副部长。

③ 陈昊苏，四川乐至人，陈毅之子。

念奴娇·天都峰观云（七月十六日）
陈家庆①

插天翠嶂，问何年飞出，神峰灵阙。眼底诸峦齐俯首，绝似佳人独立。峭壁猿惊，危崖鸟叹，拔地七千尺。碧空寥廓，海光云影遥接。

谁信仙侣相携，飘然来玉府，清辉同挹。极目更穷千里外，惟见四山如雪。涤尽闲愁，浑忘尘虑，便与诸天说。华鬘他日，乘风重叩阊阖。

望江南·莲花峰观云海
陈家庆

莲峰好，烟树半阴晴。峭壁凌空三万仞，白云铺海九千寻。列子御风行。

题叶则柔黄山云海图
陈 衍②

此生巫峡华峰外，衡岳黄山最所思。
大盗虽无山贼有，输君放胆去探奇。

浣溪沙·彤甫作黄山云海图
汪 东③

历尽南荒犹朔关，黄山终古压人寰。得君未觉卧游难。　黛岭攒成莲萼秀，白云铺作海涛宽。一时收拾上毫端。

---

① 陈家庆（1903或1904~1970），女，字秀元，号碧湘，湖南宁乡人，南社的重要女词人之一。著有《碧湘阁词》《碧湘阁集》等。

② 陈衍（1856~1937），字叔伊，号石遗，别署拾遗、醉石、陈俠、匹园等，晚称石遗老人，福建侯官（今福州）人。近代著名文学家。

③ 汪东（1890~1963），近现代著名文学家、书法家。

张善子许画双骏未到复乞作黄山图
邵祖平[1]
其一
双骏权奇不可睎，黄山云海老将归。
凭君惠我虚堂画，莫遣门前对落晖。

松谷寺
林散之[2]

久闻松谷寺，今始一观之。山冷芙蓉岭，泉深翡翠池。
衣冠惭过客，风物感明时。无用成全懒，斋堂独坐迟。

坐莲花峰顶
林散之

山下雨不止，山上天正开。高峰攀莲花，莲花若为栽。
惴惴三五里，方丈自成台。低视万山云，渺渺水旋洄。
奇峰列瑶岛，有如对蓬莱。冷日照大荒，飘风吹九陔。
苍茫感平生，到此百念灰。我友青门子，亦具江海才。
奇景未曾观，得此惊成咍。共约明年春，芳草绿同来。

---

[1] 邵祖平（1898~1969），字潭秋，别号钟陵老隐、培风老人，江西南昌人。学者、诗人、书法家，学衡派重要成员。

[2] 林散之（1898~1989），名霖，又名以霖，字散之，号三痴、左耳、江上老人等，生于江苏南京市江浦县（今南京市浦口区），祖籍安徽和县乌江镇。诗人、书画家，尤擅草书。

黄山

林散之

重峦俯伏朝黄岳，戈戟森森御仗前。
海外群峰争赴壑，云端巨掌欲擎天。
狂风直袭千寻索，急雨时倾百丈泉。
为问绰棋诸羽客，谁挥斤斧劈山川？

画松歌为余节高题扇

易顺鼎①

昔游泰山御帐坪，五大夫下风泠泠。
昔游匡庐简寂观，曾与六朝松作伴。
昔游终南南五台，凌霄花向松巅开。
昔游西山戒坛寺，天半虬松舞空翠。
匡庐泰岱与终南，知否残年能再探。
戒坛咫尺不重往，梦中空听涛声酣。
忽然松在眼前见，却是余侯手中扇。
姜公六十一老翁，为汝放笔作直干。
虚堂六月生阴风，疑到太乙天都峰。
须臾又似子声落，观者满衣空翠浓。
姜公画松非画松，自写磊落崟嵜胸。
怜渠一生江海客，才大亦老空山中。
嗟我一生少至老，真松见多画松少。
余侯爱松爱画松，画者与松皆可宝。
君不见，松声太古秋，松色太古春。

---

① 易顺鼎（1858～1920），字实甫、实父、中硕，号忏绮斋、眉伽，晚号哭庵、一广居士等。龙阳（今属湖南）人。清末官员、诗人，"寒庐七子"之一。著有《琴志楼编年诗集》等。

易得十万老龙鳞，难得一二画松人。
能画松声与松色，乃为太古传其真。
画松人与松俱老，谁念丹青曹霸贫。

咏黄山

周 扬①

1981年10月21日与陈登科诸同志游黄山题词留念。

奇峰云海峥嵘，苍松破壁挺立。
观止三都景色，无愧名山第一！

天都峰

金天羽②

艮位在东南，立地苦不尊。我观天都峰，气若无昆仑。
轩辕拥二仙，学道探天根。丹光作明月，刱气生白云。
剑佩上清都，冕旒朝群真。兹峰绝依傍，龙驾所游巡。
三障列侯服，一柱标帝宸。至今削壁上，未许猿猱扪。
泰山亦云高，跻巅瞰朝暾。华岳更崭绝，玉女窥头盆。
天都四无邻，举首惊威神。众峰不敢仰，戢戢如儿孙。
夜半奏广乐，帝将觞群臣。天地为钟鼓，六合闻韶钧。
佛从西方来，丈六显金身。抗雄起莲花，分席如帝宾。
一阐华严法，互谛香火因。仙佛本合宗，山川通愍芬。
灵爽日来游，荒度非普门。我行名山多，忽作天都民。
醉来上天都，一卧三千春。天上桃花实，东海看扬尘。

---

① 周扬（1908~1989），原名周运宜，字起应，现代诗人、作家、文艺理论家。
② 金天羽（1874~1947），原名懋基，又名天翮、松岑，号壮游、鹤望，笔名金一、爱自由者，自署天放楼主人，江苏吴江人。清末民初学者，著有《天放楼诗集》《天放楼文言》《鹤舫中年政论》《孤根集》《皖志列传》《词林撷隽》《女界钟》《自由血》和《孽海花》（前六回）等。

重游慈光阁

郑 集①

昨曾为破庙,今已换新颜。粉墙依绿树,青嶂荫红檐。
既有食宿处,更无车马喧。慈光又普照,众生喜流连。

半山寺晨起远眺

郑 集

独立半山巅,苍茫云海间。群峰变小岛,遥映在天边。
主峰近咫尺,步行需半天。天门也可入,只要道志坚。

汤岭关行

郑 集

遥望汤岭关,隐约两峰间。沿溪竞相访,捷足总登先。
寻幽不道远,哪管征途险。修竹绿遍山,箭兰香满涧。
石桥锁小溪,溪流清且浅。潭石随波动,奇观顿入眼。
直上抵关城,有关而无门。不用一夫守,关开任人行。
关高不足怕,群峰在脚下。美景不胜收,欲去还作罢。
荒草迷路迹,且行且休息。既来应尽兴,游人何用急。

---

① 郑集(1900~2010),号礼宾,四川南溪刘家镇人。生物化学家、营养学家。中国营养学的奠基人,中国生物化学的开拓者之一。

白鹅岭旁道中口占

郑晓沧[1]

崖壁千般峻，岩泉百丈深。

不愁行路险，山水有知音。

黄山杂咏

经亨颐[2]

莲花直立七千尺，松子横飞卅六峰。

终古清泉明月照，豁然石上化为龙。

黄山代谢松主张，行到林台望夕阳。

失却青青仍不朽，一株枯干度清凉。

降温卅度莫凉区，堪集艺盟筑别居。

管领黄山毋舍我，寒之友社画诗书。

循栏五里望朱砂，俯自文殊如落霞。

此处松为迎客者，蔼然向我一枝斜。

老游笑道胜无穷，点发黄山不独松。

莫妙青青秋末后，上层白云下丹枫。

奇绝人间石与松

赵朴初[3]

奇绝人间石与松，不曾伏虎又飞龙。

青青千仞峰头上，俯视烟云意自雄。

---

[1] 郑晓沧（1892～1979），名郑宗海，字晓沧，浙江海宁人。著名教育学家，主要著作有《教育概论》《教育原理》《英美教育书报指南》等。

[2] 经亨颐（1877～1938），字子渊，号石禅，晚号颐渊，上虞驿亭人。中国近代著名教育家。

[3] 赵朴初（1907～2000），中国佛教学者、居士，中国现代社会活动家。

题赠黄山画店

赵朴初

昔观宾虹画,颇疑其臆造。今见莲花峰,始识形神肖。
天工与意匠,相辅而成妙。

清凉台

胡　俊[①]

纤尘飞不到蓬壶,到此方知热恼除。
胜地借将居士号,灵山藏遍上清书。
风生天籁开琼宇,月出林梢走玉蜍。
恍在琉璃仙世界,较他歌舞复何如。

齐天乐

胡先骕[②]

丁巳季秋,于故纸中觅得先外王父郑晓涵先生手书,自辑《晚翠轩词》残稿一卷。先外王父曾自刊《晚学斋集》,流传亦稀,仅存硕果。览物怆怀,赋此一解。

老仙归后江山换,丛残更谁珍护?汗简余香,银箫旧曲,禁得兰成愁赋。寒螀絮语。似频说当年,按歌徵舞。剩有天涯,半编手翰付蟫蠹。

黄山云海卅六,黯林梢淡日,斜照邱墓。泪洒西风,灯明画阁,空忆吟边词句。飞踪暂驻。应目笑题笺,世间儿女。怆我情怀,夜窗飘暗雨。

[①] 胡俊（1875~1943）,胡礼谦长子。一生任小学教员,教学认真,亦通医道,尤擅长针灸。

[②] 胡先骕（1894~1968）,字步曾,号忏盦,江西南昌人,中国现当代著名植物学家、教育学家、文学家。在文学方面,是学衡派代表人物,发表《中国文学改良论》《评〈尝试集〉》等文章,出版《胡先骕诗文集》《忏庵诗选注》等。

游黄山

恽代英①

我生暇日本无多，为爱名山作此游。
磐石悬崖恰容足，攀登绝顶尽开怀。
苍茫天壤四望阔，绰约奇峰一眼收。
珍重大家健腰脚，终南华岳未全过。

登始信峰

秦兆阳②

游罢黄山归去，狂笑泪流如雨。
何处失我痴魂，失在奇峰深处。
化作苍鹰一只，展翅穿云破雾。
看尽千峦万壑，不知此身何与。

吟崖壁奇松

桂林栖③

悬崖壁下自飞髯，惯历风霜不计年。
非为好高非为傲，为持青色饷人间。

---

① 恽代英（1895~1931），原籍江苏武进，出生于湖北武昌。中国无产阶级革命家，中国共产党早期青年运动领导人之一。

② 秦兆阳（1916~1994），作家。1950年发表童话《小燕子万里飞行记》，获1952年全国儿童文学一等奖。1984年发表著名长篇小说《大地》，获人民文学出版社举办的首届人民文学奖。

③ 桂林栖（1913~1971），湖北黄梅县桂家畈人。

游光明顶

桂林栖

何事攀高造极峰？光明顶上望无穷。
山岚漠漠千峦秀，岩壁幽幽万壑空。
爱物生云飘细雨，降瘟崛嶂阻台风。
长青尤喜松林劲，啸傲冰霜万古同。

过薄刀峰登飞来石

班友书①

奇石飞来画不如，薄刀突起白云居。
昌黎解道诗之味，巨刃磨天信不虚。

黄山观日出

高一涵②

六六峰头曙色开，清凉台上瞰蓬莱。
一轮红日凌云起，万仞朱崖照眼来。
天海允为四海长，莲花高占百花魁。
扶摇直上光明顶，北望冰山雪几堆。

---

① 班友书（1922~2016），安徽舒城人。戏剧理论家，编剧。著有《中国女性诗歌粹编》。

② 高一涵（1885~1968），安徽六安人，曾留学日本明治大学攻读政法，1916年7月回国与李大钊同办《晨报》,《新青年》杂志编者之一，并协办《每周评论》。著有《政治学纲要》《欧洲政治思想史》《中国御史制度的沿革》《金城集》等，翻译有《杜威的实用主义》《杜威哲学》等。

满庭芳

钱静人[1]

黄山归来后,海粟老人寄来《满庭芳》词,遂步其韵和之。

云海呼吸,天都眼底,帝赏三二芙蓉?玉屏楼下,迎客有苍松。今日远眺,看积雾处处消融。经纶手,转天绣地,童叟乐融融。　　凭高先意会,春峦夏壑,画寓胸中。喜矍铄精神巧赛天工。人字飞流奔到,蘸几点润色从容。风烟起,乌溪玉纸,振笔透苍穹。

黄山之歌

郭沫若[2]

我生峨眉下,未曾登峨眉。峨眉号称天下秀,不知是否信如斯。

我今五月来黄山,深信黄山天下奇。奇峰虽云大小七十二,实则七十二万尚有奇。

瞬息万变万万变,或隐或现,或浓或淡,胜似梦境之迷离。

苍松郁郁森峭壁,竟将花岗岩当成泥。下有杜鹃花,似愁群峰高寒,为之披上"红霞万朵百重衣"。天女含苞犹待放,锦带海棠正纷披。冰绡点缀银绣球,清香来自野蔷薇。想到春时桃花峰,红雨作浪随心飞。想到秋时枫叶丹,排空万面树红旗。

时闻八音鸟,林间音乐师。鸣声谐琴瑟,伉俪世间稀。闻如猎者捕其一,其配甘愿自投罗网相追随。闻有四不像,古时谓之麋,四方传说中华已绝种,黄山今已证其非。名花佳木、珍禽异兽随处是,狮子峰头曾产长年之灵芝。其高及尺色斑斓,株如珊瑚茎九歧。惜哉未见金丝猴,白猿亦未闻其啼。或者畏人施毕弋,应加保护莫毁摧。

又闻唐时李白曾来此,碧山问路访胡晖。为何不为黄山作歌谣,只

---

[1] 钱静人(1918~1981),江苏如皋人。诗人,民间文学家。
[2] 郭沫若(1892~1978),原名郭开贞。字鼎堂,号尚武。作家,历史学家。

为白鹇作谢辞？黄鹤楼头有崔颢，李白尚且不敢题。黄山奇拔万万倍，无怪诗人搁笔殊如痴。人言此乃天之都、仙之府，凡人只能窥藩篱。天都仙府怪诞耳，实乃天造地设之雄师。雄才逸兴被压倒，画者也仅传其皮。九牛一毛何以异，沧海一粟微乎微。劳动人民闻此大发笑，知识分子何自卑！徒夸天造忘人力，我今为歌以鼓吹。

黄山黄山诚足奇，尚有温泉足比华清池。久旱不涸雨不溢，无色无臭无瑕疵。流量正常无变化，平均四十八吨每小时。温度摄氏四十一，泉含矿质可饮可疗医。皮肤关节驱风湿，肠胃分泌得其宜。小池洁白清于玉，窗明椅净解人疲。大池浩荡如大海，冬季亦可游鲸鲵。如无人工济天造，天工虽巧何能为？

请看，登山梯道何止三万九千级，穿岩架壑使险化为夷。请看，光明顶上海拔一千八百四十米，设有气象台站预报风雨晦明之时期。"天都"人可上，"狮子"失其威。铁翼乘风瞬息至，激水发电生虹霓。登山将有缆车道，跨峰将设喀布儿。如嫌攀登费气力，扶摇而上，将有直升之飞机。人力解放非昔比，要与天工决雄雌。请看山头大书一"人"字，天之甘愿俯首听指挥。

迥非神仙语，不仰鹦鹉杯。黄山三日游，濡笔染淋漓。

题黄山风景摄影展览

郭沫若

天工向人挑战，人工比天巧算。
把你好处摄来，胜似画图好看。
我未到过黄山，今来影上大观。
仿佛身在云海，胸中涌起波澜。

森罗万象

郭沫若

森罗万象绝崟崎，纵欲形容徒费辞。
我到黄山得二字，"黄山"即是一雄诗。

观人字瀑

郭沫若

果然大块假文章，瞬见飞泉百丈长。

岩上大写一人字，天公表示要投降。

黄山道中

唐 弢①

三十六峰缥缈间，吴头楚尾列重天。

高山石老声传谷，沧海云流波满湾。

千树悬崖采药去，一林出径觅诗还。

我来欲作胡公客，求取新生双白鹇。

回龙桥

唐 弢

万里晴空挟怒雷，桥头水急报龙回。

摩天瀑布穿云下，窥壑苍松破石来。

足底烟霞迷径路，眼前风物有楼台。

他年重纂黄山志，不写仙才写凡才。

题黄山游记

陶行知②

少年生长黄山边，足迹未到黄山前。

黄山之神如有灵，应已记过万万千。

---

① 唐弢（1913~1992），作家、文学理论家。
② 陶行知（1891~1946），安徽省歙县人。教育家、思想家、爱国者，中国人民救国会和中国民主同盟的主要领导人之一。

我身未到黄山巅，我心已见黄山之尊严。
三十六峰似曾到，峰峰与结梦中缘。
泰岱匡庐虽奇异，比我梦中黄山远不及。
人生为一天事来，丈夫志在探新地。
屈指三万六千场，归老黄山终有日。
此日终须到，此约今日立。
黄山与我愿毋违，看取方子之书助相忆。

仙人榜

黄宾虹[①]

到此浮荣万虑蠲，那知氍毹自年年。
何因蕊榜丹崖扬？世上科名望若仙。

题黄山追忆图

黄宾虹

黄海银涛泛滥铺，不期片域具方壶。
置身已在光明顶，云际归来驻足无？

题松谷五龙潭画

黄宾虹

嵌空石隙明，盘亘挂层级。
年年洞口云，永护苍龙蛰。

[①] 黄宾虹（1865~1955），原籍安徽歙县，出生于浙江金华。中国近现代国画家、书法家、篆刻家、诗人、艺术教育家。

莲花峰绝顶

  黄炎培①

南条一脉接仙霞，江浙平分两水涯。
读书廿年想云海，攀天今日上莲花。
巉屼俯极三千界，缥缈高承万里槎。
第一兹游快心事，名山大好属吾家。

玉屏楼观云海

  黄　绮②

我认黄山人之母，乳峰高耸哺苍生。
白云鲜嫩流甘汁，勾起儿时索饮情。

始信峰

  康　濯③

始信峰前万籁惊，天然景色更从容。
渊崖万丈千秋壑，人兽神姿亘古功。
云海苍苍峰似浪，松林莽莽水如银。
排云亭上襟怀展，搏击长空越大鹏。

---

 ①　黄炎培（1878~1965），号楚南，字任之，笔名抱一，江苏省川沙县（今属上海）人。教育家、社会活动家。
 ②　黄绮（1914~2005），学者、书法家。
 ③　康濯（1920~1991），原名毛季常。湖南岳阳人。作家。

坐观瀑楼中对雨

董必武①

晴望诸奇峰，雨看两飞瀑。
黄山当吾前，晴雨皆悦目。

由汤池赴慈光寺途中望天都峰有感

董必武

奇险天都著，遥观亦有缘。大雄无与并，苍浑莫之先。
倏忽阴晴异，逡巡起伏迁。云腾致雨气，水泻在山泉。
偃蹇非松意，因人委婉传。

始信峰

傅增湘②

峰奇今始信，不负此峰名。下瞰散花坞，峰峰玉琢成。
摩霄无鸟过，架石有松横。我亦嗟才尽，空劳赠笔情。

江丽田琴台

傅增湘

抚琴人已去，遗迹托孤岑。
涧水漱危石，泠泠发玉音。

---

① 董必武（1886~1975），湖北黄安（今红安）人。中国共产党的创始人之一，中国共产党第一代领导集体的成员和国家的重要领导人。
② 傅增湘（1872~1949），四川省江安县人。著名藏书家。

松谷道中

傅增湘

幽径爱深谷，身入万花丛。曲涧筼筜碧，阴崖踯躅红。
支筇防蹬滑，分树让舆通。盘石披襟坐，泠泠拂水风。

苦竹溪

傅增湘

苦竹溪边路，溪光醮碧沙。笋舆停野店，瓦盏试新茶。
观瀑因思雨，闻香不见花。结庐傍黄海，胜景妪能夸。

黄山奇看古仙都

游国恩[①]

己亥秋养疴黄山疗养院，曹联亚、朱孟实二教授邀游天都、莲花诸胜境，余不能从，怅然而已。

    黄山奇看古仙都，寰宇名山总弗如。
    拔地峰峦雄岱岳，浮空云海胜匡庐。
    名传灵迹三天子，松傲秦封五大夫。
    未放穷幽凌绝顶，自怜腰脚愧曹朱。

天都峰赋

赖少其[②]

    若非大手笔，难画黟山图。
    云来天欲覆，日出地吐朱。

---

 ① 游国恩（1899~1978），字泽承，一作泽丞，江西临川人。著名楚辞研究专家、文学史家。
 ② 赖少其（1915~2000），斋号木石斋，广东省普宁市人，中国当代画坛领袖之一，新徽派版画的主要创始人。

墨酣夹风雨，一点为天都。
图成神鬼泣，百岳竟狂呼。
吁嗟乎，余生八万九千岁，始信高士巨眼识沉浮。

一九六三年陪陈毅副总理和各国使团游黄山
潘效安①

巍峨独立耀中华，赢得来宾共仰夸。
更使黄山添好景，染霜秋叶胜春花。

听涛居
管 平②

奇峰叠翠抱瑶宫，溪吟瀑啸伴鸣虫。
知否消夏名胜地，曾作少帅金丝笼。

醉石
管 平

太白仗剑访黟山，囊琴携酒恋群峦。
虎头岩上剑刺虎，鸣弦泉畔琴鸣弦。
醉倚苍岩自把盏，渴饮清溪伴石眠。
多少人间不平事，梦里依稀化诗篇。

---

① 潘效安（1903~1988），安徽无为人。
② 管平（1897~1967），通作"管平湖"，名平，字吉庵，号平湖。江苏苏州人，画家。